Diogenes Taschenbuch 21213

Hartmut Lange

Die Selbstverbrennung

Roman

Diogenes

Umschlagillustration:
Pieter Brueghel d. Ä.,
›Das Gleichnis von den Blinden‹,
1568 (Ausschnitt)
Foto: Photographie Giraudon,
Paris

Veröffentlicht als Diogenes Taschenbuch, 1984

30/98/36/3
ISBN 3 257 21213 5

Die Selbstverbrennung

1

Das Gras zwischen den alten, verwitterten Grabsteinen war längere Zeit nicht geschnitten worden, es reichte dem Pfarrer Martin Wilhelm Koldehoff bis über die Knie. «Hier ruht in Gott unsere liebe Mutter Maria Schlei, geborene ...» Der hagere Mann mit dem kurzen, strenggescheitelten Haar (das Haar hielt dem Wind stand, es glänzte, der Pfarrer benutzte offenbar eine Salbe), der hagere Mann hielt ein Notizbuch in der Hand und notierte mit einem daumenlangen Bleistift die Namen der Toten. «Hier ruht in Gott unsere liebe Mutter ...»

Es war Herbst. Die Blätter der Linden verfärbten sich. Ihr helles, fleckiges Gelb glänzte vor Nässe. Es hatte die Nacht über geregnet, und die Straße war übersät mit Wasserlachen, in denen sich der Himmel spiegelte. Aber bis gegen Nachmittag würde der Wind, falls er anhielt, alles wieder trockenfegen. Dies war jedenfalls die Ansicht eines jungen Mannes, der in dem Gasthaus der kleinen Ortschaft am Fenster saß und dem Pfarrer bei seiner merkwürdigen Tätigkeit zusah.

Das Gasthaus, ein Bau aus roten Ziegelsteinen, und die Kirche mit dem Friedhof und der Pfarrei lagen einander gegenüber, getrennt durch die Straße und den Teich, ein schmutziges Gewässer, das bei großer Hitze aus-

trocknete und in dem meist Enten und Gänse badeten und dessen Oberfläche jetzt voll von Lindenblättern war, die der Wind übereinanderschob. An einem Ende des Ufers standen Sträucher, am anderen Ende (der Teich war oval, in Richtung der Straße etwas langgestreckt) stand ein Obelisk aus Granit, dem man die bronzene Gedenkplatte für die Gefallenen der Jahre 1914 bis 1918 ausgebrochen und statt dessen eine große, hölzerne Tafel umgehängt hatte, auf der in weißen Buchstaben auf rotem Grund eine Losung zu lesen war: «Vorwärts, Bauer – zum Sieg des Sozialismus!»
Sempert, so hieß der nicht mehr ganz junge Mann am Fenster, lächelte über diese Losung. Er erinnerte sich an das Gesicht jenes ehemaligen Landarbeiters, der sie erfunden hatte: Es war grob, gutmütig, aber die Unsicherheit desjenigen, dem fremde Fähigkeiten zudiktiert werden, die seine eigenen Fähigkeiten übersteigen, machte auch dieses Gesicht zur Drohung. Und Drohungen gutmütiger Art kannte Sempert zur Genüge. Sie waren von allen politischen Verkrampfungen, die dieses Land heimsuchten, die unerträglichsten.
Es war übrigens das erste Mal, daß man Sempert untätig in dem Gasthaus am Fenster sitzen sah. Er saß sonst längst in seinem Mansardenzimmer und war, sowie er gefrühstückt hatte, mit dem Studium seiner Bücher beschäftigt, aber ein Gefühl der Ermattung, der Gleichgültigkeit, das sehr wohltuend und sinnlich greifbar in der Gegend des Magens zu sitzen schien, hielt ihn heute zurück. Er genoß jene Mischung aus schlechtem Gewissen und trägem Kitzel, es war ihm angenehm, nach dem Frühstück, die Tasse mit dem kaltgewordenen Tee vor sich, einfach so dazusitzen und der absterbenden Natur

zuzusehen, deren Monotonie und Gleichgültigkeit ihn beruhigte, auch wenn nichts weiter geschah, als daß der Wind an den Linden rüttelte und Blatt für Blatt sich aus dem Geäst löste und, von der Kraft des Windes gehalten, langsam, aber sicher zu Boden fiel.
Das Gesicht des Vierzigjährigen zeigte Spuren der Resignation. Es wirkte schlaff. Die blauen, etwas verschleierten Augen und das müde Lächeln, das sich in zwei tiefen Furchen über den Mundwinkeln festgesetzt hatte, der von Jahr zu Jahr immer weiter zurückweichende Haaransatz, dessen Blöße Sempert durch geschicktes Kämmen der Schläfenhaare zu bedecken versuchte, die träge Art zu sprechen, das kaum merkliche Hängenlassen der Unterlippe, die Angewohnheit, den Kopf immer etwas zu sehr in Richtung Nacken zu halten, so daß der Eindruck entstand, er würde, falls Sempert diese Anstrengung unterließ, unweigerlich mit dem Kinn auf die Brust fallen, dies alles waren Anzeichen einer nachlassenden Spannkraft. Aber ihm selbst war dieser eigene, aus innerer Befindlichkeit herrührende Zustand durchaus noch unbewußt, da er von Kind auf daran gewöhnt war, dem Werden und Vergehen der Außenwelt seine freudige Aufmerksamkeit zu widmen. Daß aber diese eigene, freudige Aufmerksamkeit ebenfalls nur ein Werden und Vergehen war, diese Entdeckung stand Sempert noch bevor.
Wer der Herr auf dem alten Friedhof sei, wollte Sempert wissen, und er sagte bewußt «alter Friedhof». Denn er wußte, die örtlichen Vertreter der Staatsmacht hatten dafür gesorgt, daß sich die Verstorbenen künftig nicht mehr, wie seit Jahrhunderten üblich, in die Erde um Kirche und Pfarrei teilen mußten. Man hatte ein

Stück Wiese umgebrochen, Birken gepflanzt, das Ganze mit einem Zaun aus Draht umgeben, und achtzehn Gräber lagen schon (sehr zur Genugtuung des ehemaligen Landarbeiters) in der viel helleren, freieren Umgebung, statt im Schatten jener Gebäude, die der ehemalige Landarbeiter mit der bereits bekannten drohenden Gutmütigkeit «die muffigen Monumente eines überlebten Aberglaubens» nannte.
«Das ist der Pfarrer», antwortete die Frau, die hinter der Theke an einem Pullover strickte und ansonsten Brot, billige Leberwurst und Bier aus verstaubten Flaschen verkaufte.
«Ja, aber was macht er?» fragte Sempert.
«Was wird er schon machen.»
«Es scheint, er notiert die Namen der Toten von den Grabsteinen.»
«Kann sein», sagte die Frau.
«Aber der Mann steht nicht nur auf dem Friedhof. Er predigt hoffentlich zu den Leuten.»
«Ganz recht. Man hört schon, daß er predigt.»
«Gehen überhaupt Leute in die Kirche?»
«Ja», sagte die Frau. «Die Koldehoffs sind beliebt hier. Besonders die Tochter. Und der Vater soll nicht nur aus der Bibel lesen. Er studiert die Sterne und macht überhaupt merkwürdige Sachen.»
«So», sagte Sempert und schwieg. Die Erwähnung privater Umstände, denen auch der Mann auf dem alten Friedhof ausgesetzt war, dämpfte sein Interesse. Er betrachtete nun das kleine Gebäude mit dem verrosteten Kreuz auf dem Giebel, jenes fleckige Gebilde, von dem der Putz abbröckelte und von dem bei Sturm Reste der verschlissenen Dachrinne zu Boden fielen, und er

schüttelte sich bei dem Gedanken, in der kleinen Kirche könnte es ebenso riechen wie in der Totenhalle einer städtischen Begräbnisanstalt und es könnten am Altar ebensolche Blumen aufgestellt sein wie beim Begräbnis seiner Mutter: graue, wachsartige Gebilde, denen der Staub bei ihrer künstlichen Fertigung unauslöschlich aufgedrückt war und die Sempert mit einer Trostlosigkeit sondergleichen gezwungen hatten, mitten in der Totenfeier, als Violine und Cello noch ihre kratzenden, schluchzenden Töne von sich gaben, gegen einen Anfall von Ekel, ein Gefühl heftigster, Übelkeit erzeugender Abneigung anzukämpfen, und sich, den Sarg seiner Mutter vor Augen, weit weit wegzuwünschen.

Nein, sterben, das schwor Sempert damals, sterben und begraben werden war keine Feier wert, an der Lebende teilzunehmen gezwungen werden sollten. Seine Mutter hatte ihm wenigstens hier nichts voraus als jene kurze Spanne Zeit, die auch an ihm vollzogen wurde, damit auch er unter solcher Art Blumen zu liegen käme. Aber diese kurze Spanne Zeit war für ihn die vergängliche, zufällige, unwiederholbare Form seiner selbst, und es war ihm unbegreiflich, wie vernunftbegabte Menschen am offenen Grab, von der Kanzel herab, in der Geselligkeit von Synoden in spekulativer Sorge über das Jenseits ihres Herrn das wirkliche Leben versäumen konnten.

Er erhob sich, da die Gedanken an den Tod seiner Mutter ihn beunruhigten und sich das angenehme Gefühl der Ermattung, das ihn beim Anblick der herbstlichen Natur überkommen war, nicht wieder einstellen wollte, er zahlte der Frau hinter der Theke seinen Tee, grüßte respektvoll und trat auf die Straße hinaus.

Woher kam dieser resignativ wirkende, nicht mehr ganz

junge Mann, der nun, obwohl der Regen wieder einsetzte, mit schleppenden, unentschlossenen Schritten die Dorfstraße in Richtung Westen verließ? Er kam aus Magdeburg. Was wollte er in dieser Einöde? Er wollte Ruhe, und er hoffte, inspirative Luft zu atmen. Er hatte hochgespannte Absichten, er schrieb an einem philosophischen Traktat «Zum Lobe der materialistischen Vernunft», und er durfte die Elbwiesen zur Gegend seiner unmittelbaren Herkunft rechnen. Sein Großvater war hier als elftes Kind einer armen Pächterfamilie geboren und hatte in Magdeburg oft von ihrer melancholischen Schönheit geschwärmt. Er hatte sein Leben in der Stadt, von der er sich nie wieder losmachen konnte, als Tischler mit Anstand und sauberer Ärmlichkeit hinter sich gebracht, und er starb in ungestillter Sehnsucht nach Kühen, Pferden, Störchen, dem Geruch blühender Pappeln, dem kurzen, aufgeregten Flug der Kiebitze über binsenumstandenen Wasserlachen, dem erschreckenden Gekreisch der Krähen, die, sowie die ersten Herbststürme von Westen her den Himmel eindunkelten, in wahren Völkerschaften in die von Hufen aufgewühlten Viehkoppeln einfielen, er starb in ungestillter Sehnsucht nach dieser regen- und winderfüllten Landschaft inmitten von Sägespänen, harziger, staubiger Luft und Töpfen mit Knochenleim.
Das war vor vierzig Jahren. Vier Jahre später fiel Semperts Vater in der Schlacht am Kursker Bogen, und als Semperts Mutter starb und Sempert jedes Gefühl näherer Verwandtschaft zu verlieren fürchtete, beschloß er, die Gegend seiner großväterlichen Herkunft aufzusuchen. Er nahm ein Fahrrad als Expeditionsgut mit sich, um von den Bussen und seiner Unkenntnis der Fahrplä-

ne unabhängig zu sein, wechselte mehrmals die Personenzüge über Stendal, Wittenberge, Ludwigslust, verließ in Dersenow den Bahnhof und radelte über Gülze bei strahlendem Wetter in Richtung Bernede. Er wußte, er würde ein, zwei Cousinen in eben dem Dorf rechts der Elbe antreffen, und so saß er abends unangemeldet und erschöpft von der ungewohnten Radtour auf ihrem Sofa und lächelte ihnen ins Gesicht. Am nächsten Morgen zeigten ihm die Cousinen die langgestreckte Kate, in der der Großvater gezeugt und geboren worden war, und man war sich einig, in solch einem üblen Gemäuer sollte niemand mehr gezeugt und geboren werden. Dann saß man wieder auf dem Sofa, Sempert versicherte, er sei froh, hier gewesen zu sein, versprach aber auf ihren Rat hin noch einen Besuch der näheren Umgebung.

Es war Ende Mai. Das überschwengliche, überfallartige Hervorbrechen der Natur faszinierte ihn. Er lag, die Rückfahrkarte nach Magdeburg griffbereit in der Tasche, stundenlang im Gras, beobachtete die Insekten oder stocherte mit einem Stecken im Gestrüpp der Entwässerungsgräben herum. Er vergaß die Zeit, er atmete wie sein Großvater den Duft der Pappelblüten tief in sich hinein, und die Cousinen zeigten Nachsicht über so viel Selbstvergessenheit. Sie lächelten ebenfalls und winkten zurück, wenn sie, auf den hinteren Schutzblechen eines Traktors sitzend, die Kopftücher fest unters Kinn verknotet, zu den Feldern hinausfuhren.

Am nächsten Tag verließ Sempert Bernede unter Zurücklassung seines Fahrrades, aber acht Wochen später erschien er wieder, diesmal einen Koffer bei sich, in dem er große Mengen Papier, Bücher, eine kleine Schreibmaschine verstaut hatte, und sein verlegenes Lächeln, das die Cousinen nun nicht mehr beantworteten, kündigte an, daß er vorhatte, in dieser Gegend neue, und wie schon erwähnt, inspirative Luft zu atmen. Er entzog sich den verwandten, aber säuerlichen Gesichtern, murmelte ein paar Höflichkeiten, schob sein Fahrrad, das die Cousinen im Regen hatten stehen lassen, auf die Straße, lud den Koffer auf und fuhr in die Nachbarschaft, wo ihm bei einer freundlichen Bäuerin namens Karsten, die er bei seinen Cousinen kennengelernt hatte, ein kleines Mansardenzimmer zur Miete versprochen war.

Nun folgten neun Wochen, in denen Sempert vor allem in seinem Mansardenzimmer hockte, denn er wollte die endgültige Rückreise nach Magdeburg nicht antreten ohne das stolze Gefühl, in seinem Koffer genügend Material für das Verfertigen belangvoller Gedanken angesammelt zu wissen, und welche Art belangvoller Gedanken Sempert bevorzugte, darüber hätte Frau Karsten Auskunft geben können, wenn sie mit ihrem Tuch jene sieben Buchbände abstaubte, aus denen Sempert mehrmals am Tag exzerpierte und die er stets, soweit es die Umstände erlaubten, griffbereit hielt.

Mit diesem Rüstzeug und der gelegentlichen Nahrungsaufnahme von Brot, billiger Leberwurst und Zwiebeln studierte Sempert in der Abgeschiedenheit Bernedes die Erscheinungswelt der sich selbsterkennenden Logik, und er durchlebte Stunden rauschhafter Konzentration, aber auch Stunden, ja Tage völliger Abgeschlafftheit, an denen nur noch die Selbstachtung ihn dazu zwingen konnte, statt Ergebnisse klaren, freudigen Denkens wenigstens trübe, unklare Bemühungen aufs Papier zu malen. Obwohl er Alkohol als unerträglich empfand, griff er gelegentlich doch zu einer Flasche Wodka, und drei,

vier Gläser dieses hochgradigen Destillats konnten seine apathische, oft mutlose Stimmung aufbessern, so daß er wieder fähig und bereit war, sich auf den Flügeln philosophischer Wünsche und Verheißungen zu erheben. Es war die unbedingte Freude an der Fähigkeit menschlichen Erkennen-Könnens, die Sempert mit dem Philosophen seiner Wahl teilte, und er teilte auch dessen Zuversicht, daß sich der menschliche Kopf, dieses kostbare, einzigartige Instrument, auf den Flügeln des Begriffs hoch über seine eigene und sonstige stupide Materialität erheben und zuletzt nach ständigem, unaufhörlichem Wachsen eben diese eigene und sonstige Materialität mit den Mitteln der wissenden Vernunft steuern würde, wohin es ihm immer beliebte. Sempert huldigte also einer Philosophie, die seinem Intellekt, der ihm reichlich zur Verfügung stand, schmeichelte. Es war dies eine Weltsicht, die auch dem Staat, in dessen Machtbereich Sempert lebte, in all seinen Institutionen das Ansehen strenger, selbstbewußter Vernünftigkeit gab, da jeder höhere Beamte in Zirkeln, Seminaren, gesonderten Schulen ausgiebig darüber belehrt wurde, daß er sein Amt nicht aus Willkür oder fremdem Interesse, sondern einzig infolge seiner Einsicht in die objektiven, gesetzmäßigen Prozesse dieser Welt ausüben durfte.
Es dämmerte. Die nasse, von Regenlachen übersäte Erde begann Semperts Schuhsohlen aufzuweichen, und er entschloß sich, sowie er heimkam, Schuhe und Socken an der Heizsonne zu trocknen, aber vorher wollte er noch einen Spaziergang versuchen. Er tänzelte zwischen den Lachen hin und her, in der Hoffnung, das brüchige Leder doch noch vor der kalten, unangenehmen Nässe zu schützen, und er erreichte jenes Feld, das

zu überqueren ihm jedesmal eine besondere Entschlossenheit abverlangte. Es war fünf Hektar groß, quadratisch angelegt, und es hatte in der Mitte eine dammähnliche Zufahrt, die es in zwei Hälften teilte, und wer dieser Zufahrt folgte und das Feld überschritt, erreichte jenen Mischwald, der zur Elbe führte, und den zu betreten nur unter Gefahr für das eigene Leben möglich war.
Sempert folgte der Zufahrt, blieb aber nach einigen Metern stehen, um rechter Hand die Schönheit einer uralten Eiche zu bestaunen, deren oberes, abgestorbenes Geäst in den Himmel ragte. Er wunderte sich über den Geschmack derjenigen, die diesen Baum inmitten umgebrochener Erde hatten stehen lassen, wie um mit seiner nutzlosen Schönheit auf die Nützlichkeit seiner Umgebung hinzuweisen, und er schlenderte bis zur Mitte des Feldes, wo er umkehren wollte. Zuvor aber wollte er den Einbruch völliger Dunkelheit abwarten, die hier, in der freien Sicht auf die Wolken und wo man die Silhouette des dichten, unheimlichen Mischwaldes vor Augen hatte, am eindrucksvollsten war.
Sempert hatte hier oft gestanden und über dem Mischwald bei zunehmender Dunkelheit einen unbestimmten Schein entstehen sehen, der hell genug war, um darunter Lauenburg oder sogar Hamburg zu vermuten. Aber dies waren Vermutungen, denen Sempert keinerlei Beachtung schenkte, wie überhaupt gesagt werden muß, daß ihn die politische Markierung, deren Unüberwindlichkeit durch Androhung sofortiger Todesstrafe garantiert werden sollte, daß ihn dieser Streifen unberührbaren Landes, zu dem die Elbwiesen gehörten, die von hölzernen Türmen, von Zäunen und versteckten Minenfeldern gesichert wurden, daß ihn diese Grenze

anschaulich gemachter Ideologie keineswegs daran hinderte, seinen Blick unbekümmert mit den Wildenten in Richtung Nordnordwesten wandern zu lassen. So stand er auch heute eine Weile, beide Fäuste in den Hosentaschen, den Kragen seiner Jacke hoch aufgeschlagen, die Schultern hochgezogen, um den Kopf gegen den kalten, andrängenden Wind zu schützen, und sah in das Geviert, dessen büscheumstandene Umrandung immer undeutlicher wurde. Dabei spürte er, wie so oft, wenn er sich der alle Unterschiede verwischenden Dunkelheit ausgeliefert sah, ein Gefühl beklemmender Unsicherheit. Er fühlte sich beobachtet. Und stand nicht am Ende der Zufahrt in unmittelbarer Nähe des Mischwaldes, aber doch in solch einem Abstand, daß dessen schwarze Schatten ihn nicht verschluckten, dort, wo die Zufahrt durch einen Schlagbaum gesperrt und der Unbefugte durch eine Tafel mit dem Hinweis «Grenzgebiet» am Weitergehen gehindert werden sollte, stand da nicht irgend jemand und sah in Semperts Richtung? Und stand er nicht seit Anfang an, seit Sempert das freie Feld betreten hatte, so unauffällig da, ohne sich zu rühren?
Sempert bemühte sich, die Distanz, die Einzelheiten jener Erscheinung verwischte, durch besondere Anstrengung seiner Augen zu überwinden, was ihm nicht gelang. Aber der Himmel zwischen den Wolken gab dem Unbekannten ausreichend Konturen, und Sempert wußte: ein Posten würde, nachdem er ihn durch sein Fernglas gemustert hatte, weiterziehen. Dieser aber benahm sich wie jemand, der die Gegend ebenfalls zu scheuen hatte und dessen Abwesenheit ein herausforderndes Beharren war und der bereit schien, falls diese Herausforderung entdeckt wurde, sofort wieder zu ver-

schwinden. Er zeigte die Haltung eines starken, aber scheuen Tieres, und Sempert spürte, je mehr er Gewißheit darüber erlangte, daß der Unbekannte ihn selbst und die Gegend, die zu betreten ihm verboten war, überaus herausfordernd musterte, eine Mischung aus Neugierde und ängstlicher Empörung.

Er ging einige Schritte auf der Zufahrt in Richtung Mischwald dem Unbekannten entgegen, in der Absicht, ihn in Stellvertretung einer abwesenden Wache zu stellen oder ihn doch ernsthaft daran zu erinnern, daß dies nicht der Ort für herausfordernde Haltungen war, und obwohl er gleichzeitig das Anmaßende, ja Lächerliche dieser Absicht spürte, wuchs ihm, je näher er dem Unbekannten kam, ein Gefühl von aggressiver Kompetenz zu. Er begann rascher, entschlossener zu gehen, er hatte Mühe, sich zu zügeln, er hatte das Bedürfnis, den Unbekannten schon jetzt, über diese beträchtliche Distanz hin, mit schneidender Stimme anzurufen. Aber nun überraschte ihn von Westen her ein trockener Knall. Eine Leuchtkugel stieg hinter der Silhouette des Mischwaldes zum Himmel auf, und als Sempert ihren farbigen Schein zur besseren Sicht auf den Unbekannten nutzen wollte, war dieser zwischen Büschen verschwunden. Eine Weile noch stand Sempert irritiert und unschlüssig da, die Ellbogen gegen die Rippen gepreßt, die Augen gegen den Wind zusammengekniffen, die Wucht der aggressiven Erregung spürend, der das Objekt so plötzlich entzogen war, aber dann brach die Dunkelheit, die er abwarten wollte, mit massiver Wolkendecke über ihn herein. Wind und Regen wurden unerträglich, er kehrte in sein Mansardenzimmer zurück.

Um den Weg dorthin abzukürzen (das Haus mit dem Mansardenzimmer lag außerhalb der Ortschaft), ging er geradewegs über die aufgeweichten Felder, und endlich angekommen, legte er, nachdem er schon die Treppe barfuß, Schuhe und Socken in der Hand, hinaufgestiegen war, die durchnäßte Kleidung in die Nähe der Heizsonne; und da er nun buchstäblich nackt war (Sempert besaß nur, was er auf dem Leib trug), entschloß er sich, frühzeitig ins Bett zu gehen. Zwar hatte er sich vorgenommen (die losen Blätter lagen griffbereit auf dem Tisch, er hätte die Arbeit ebensogut im Bett unter dem Schutz der Wolldecke leisten können), eines seiner zahlreichen Exzerpte noch einmal kritisch zu überprüfen, aber die neuerliche Trägheit, die so verführerisch, so sinnlich greifbar in der Gegend des Magens zu sitzen schien, hinderte ihn daran, Arme und Beine in Bewegung zu setzen. Er bedauerte, daß er keinen Wodka mehr hatte, um seinen Schlaf, der ihm jetzt wünschenswert erschien, künstlich herbeizuführen. Er lag lange Zeit apathisch unter der Decke, hörte auf das Geäst der Bäume, das der Wind vor dem Fenster gegeneinanderschlug, atmete den schweren, süßlichen Geruch der trocknenden Kleider und begann zu träumen.

Er träumte von jener Begegnung in der Nähe der Grenze. Aber nun sah Sempert sich, statt in der Rolle des kompetenzwütigen Verfolgers, in der Rolle des Verfolgten. Er hetzte durch den Mischwald, immer das dunkle, undurchdringliche Unterholz fürchtend, immer auf der Suche nach einer Lichtung, die er sich, wie um sich zu quälen, als rettenden, aber unerreichbaren Ort vorstellte. Zuletzt sah er Wiesen, darin ein langgestrecktes, schimmerndes Etwas, er sprang hinein. Es

war die Elbe. Er wurde sofort unter Wasser gezogen, ertrank und trieb nun als Leichnam stromabwärts. Dagegen protestierte er heftig. Er schrie, er ärgerte sich über so viel Unsinn noch im Traum und wünschte zu erwachen, was ihm gelang. Nun ging er zum Fenster und versuchte, sein Herz zu beruhigen und starrte auf den Mond, der im Südosten in einem inzwischen windstillen, fast wolkenlosen Himmel aufgestiegen war. Verblüfft über den für ihn jähen Wechsel im Zustand der Natur, erinnerte er sich dreier Strophen, die er als Jugendlicher gereimt hatte und in denen er jetzt wie in einem metaphorischen Spiegel an sich selbst eine Entdeckung zu machen glaubte.
‹Merkwürdig›, dachte er. ‹Es ist, als gäbe es keine Veränderung in der Zeit. Als sei ich trotz widersprechender Wahrnehmungen immer ein und derselbe. Als hätte ich wie die Natur an mir selbst einen imaginären Kreis vollzogen: Denn dies ist der Himmel wie vor sechzehn Jahren!›

Der Wind hat sich verhangen
Das Mondlicht hockt im Strauch
Ist übers Moor gegangen
Und brennt und knistert auch

Die Eiche grinst gespalten
Verstohlen treibt das Boot
Am Himmel ziehn Gestalten
Die Fledermaus ist tot

Die Nacht hat sie begraben
Jetzt grillt der letzte Gast
Zwei Totenkäfer schaben
Und Nebel fällt vom Ast.

Und es überfiel ihn zum erstenmal, indem er sich, wohl aus Schlaftrunkenheit, der naiven Unheimlichkeit seiner Verse ausgeliefert sah, so etwas wie Angst darüber, es könnten mit ihm und um ihn herum Dinge geschehen, die er mit seinem Intellekt nicht mehr fassen konnte. Er hatte plötzlich das Verlangen, dieser ländlichen Gegend ihrer einfachen, aber unbestechlichen Anschaulichkeit wegen zu entfliehen, um in der Stadt, in der kein Mond, kein Friedhof, kein büscheumstandenes Geviert ihn erschrecken und seinen Intellekt daran hindern konnten, die eigene Natürlichkeit vergessend, die Dinge um sich her so lange zu ordnen, bis sie eine zweite, ihm gemäße Art zu existieren annahmen.
Er packte seinen Koffer und entschloß sich zur Abreise schon am nächsten Tag. Aber dann war er wirklich müde. Er setzte die Heizsonne außer Betrieb, öffnete das Fenster, spürte noch die frische, kalte Luft, die er gierig in sich einsog – und schlief ein.

2

Am nächsten Tag war herrliches Wetter. Wind und Wolken hatten sich, wie schon erwähnt, im Laufe der Nacht verflüchtigt. Auf der Dorfstraße war niemand, aber bald, es fehlten wenige Minuten, würden sich einige ältere Männer und Frauen, darunter die alte Hanna, auf den Weg zur Kirche machen, schweigend, jeder für sich, in beträchtlichem Abstand zueinander, bis sie das Portal aus roten, vom Regen verwaschenen Ziegelsteinen erreicht hatten, vor dem Martin Wilhelm Koldehoff wartete, um jedem von ihnen, bevor er ins Kircheninnere trat, die Hand zu reichen. Dies tat Koldehoff auch beim Abschied, und dies war die Stunde, Hin- und Rückweg der Gläubigen eingerechnet, der Gottesdienst dauerte akkurat fünfundvierzig Minuten, die den ehemaligen Landarbeiter ärgerte. Er saß, beide Ellbogen aufgestützt, die Hände unter dem Kinn gefaltet, im Gasthaus von Bernede in der Nähe der Theke, das Gesicht Sempert zugewandt, den er aber nicht ansah, sondern er versuchte, an ihm vorbei aus dem Fenster zu sehen, das Sempert mit seinem Rücken abdeckte.

«Gleich fängt er an zu bimmeln», sagte er. «Länger als erlaubt. Dann redet er, und sie singen. Dann bimmelt er wieder, und dann schwanken diese Gestalten in ihre Behausungen zurück. Man wollte die Pfarrbude abreißen, aber seit dieser Kerl da ist, rühren sich die alten Gespenster wieder.»

Sempert hatte zum letztenmal Tee bestellt, der Koffer stand griffbereit neben dem Stuhl, und nun kam auch schon die Frau hinter der Theke hervor, um ihm den Tee zu bringen und um zum soundsovielten Male mit einem feuchten Tuch den Tisch zu wischen, und Sempert sah, daß sie geschwollene Beine und ganz und gar unförmige Knie hatte und trotzdem einen kurzen Rock trug, anstatt ihren Zustand mit einem barmherzigen Stück Stoff zu bedecken.

‹Sie hat Wasser›, dachte er. Ihre ungesunde Nähe beunruhigte ihn, und er sagte, in der Absicht, die Frau am

weiteren Wischen mit dem Lappen, der säuerlich roch, zu hindern:
«Ich möchte gleich zahlen.»
«Sie wollen uns wieder verlassen?»
«Ja», sagte Sempert.
«Wohin gehen Sie?»
«Zurück nach Magdeburg.»
«Hoffentlich hast du auch geschrieben, daß wir über fünfhundert Stück Vieh haben. Aber nun haben einige die Seuche, und nun bitten wir, daß uns nicht alle eingehen.» Mit diesen Worten schob sich der Beamte, nach einem kurzen Griff in die Jackentasche, eine Zigarette zwischen die Lippen, setzte sie mit einem Feuerzeug in Brand, zog den Rauch mit tiefen, heftigen Zügen, die die Zigarette zentimeterweise aufbrauchten, ins Lungeninnerste, und Sempert wartete darauf, daß der Rauch beim Ausatmen wieder zum Vorschein käme, aber er blieb verschwunden.
Die beiden Männer kannten sich. Sempert hatte diesen Beamten mehrmals besucht, und er hatte, eingehend darüber befragt, Einzelheiten seiner Arbeit erwähnt, ohne allerdings bei dem ehemaligen Landarbeiter mehr als das Bedürfnis nach neuen Fragen zu wecken. Denn der konnte Sinn und Zweck solch hoher, einzig in den Sphären des Begriffs tätiger Anstrengung nicht einsehen. Trotzdem herrschte zwischen den beiden längere Zeit ein freier, offener Ton, wie er sich bei Leuten versteht, die zuerst ihre Außenwelt und zuallerletzt ihre innerliche, subjektive Befindlichkeit aufzufassen willens und in der Lage sind. Aber auch eine Beamtenschaft, die ständig und mit wechselndem Erfolg bemüht war, auf den Höhen bewußter Vernünftigkeit zu wan-

deln, zeigt sich irgendwann in den Niederungen unbewußter Empfindungen. Bald wurde die Stirn des Überforderten, sobald er Sempert sah, krauser und krauser, und Sempert versuchte, über dieses und jenes, nur nicht über den Sinn seiner Tätigkeit zu reden, weil er wußte: Er schrieb mit seinem Traktat etwas durchaus Wünschenswertes, aber gerade dies Wünschenswerte konnte Mißtrauen erwecken, falls es unter Ausschluß öffentlicher Kontrolle und wie hier aus ganz eigener Neigung, aus angeborener Neugierde für die letzten Gründe logischer Dinge in Bewegung gesetzt wurde.
Zuletzt unterließ Sempert seine Besuche, man verlor sich, da die Ernte den Beamten Tag und Nacht beanspruchte, aus den Augen, und nun, da man sich zufällig wieder traf, war die gegenseitige Reserviertheit unübersehbar. Sie grüßten einander nicht mehr, Sempert sah schweigend auf das kreisrunde Abzeichen im oberen linken Knopfloch, das dem Mann seinen obligatorischen Rang verlieh, er sah das strenge, mißmutig wirkende Gesicht, dessen Augen immer noch einen Ausblick durch das Fenster hinter seinem Rücken suchten. ‹Jawohl›, dachte er in einem Anflug von Herablassung. ‹Staune du nur, was in deiner Einöde geschrieben wird. Du glaubst, ein Schriftsteller würde ausschließlich über die Befindlichkeiten deiner Kühe schreiben, da dies hier und höheren Orts von einem Schriftsteller stillschweigend vorausgesetzt wird.›
Und in diesem Augenblick begann die kleine Glocke der Dorfkirche von Bernede zu läuten (es war eher ein helles, blechernes, hastiges Bimmeln), und die beiden Männer, von der Gottlosigkeit der eigenen und sonstigen Natur felsenfest überzeugt, sahen sich mit stillem

Amüsement an, und dann deutete der ehemalige Landarbeiter mit der rechten Hand auf die Straße und sagte: «Dort geht die Tochter des Pfaffen. Sie hilft der Alten aus dem Bett. Gott würde sie eine Stunde länger schlafen lassen.»

Sempert sah sich um und sah ein mageres, hochaufgeschossenes Mädchen, das die Straße in Richtung auf den ovalen Teich entlangeilte. Er hätte gern ihr Gesicht gesehen, aber das Fenster, das seinen Blickwinkel verengte, ließ ihm dazu keine Zeit. So bemerkte er noch das offene, schulterlange Haar und daß die Erscheinung etwas Federleichtes, Entrücktes, ja Unwirkliches an sich hatte.

Und nun kam schon aus derselben Richtung, die das Mädchen eben verlassen hatte, die alte Hanna, mit schwarzem Kopftuch, in einen dicken Mantel eingehüllt, die linke Hand um die Bibel gepreßt, sichtlich bemüht, den Abstand, den das Mädchen mit seinen eiligen Schritten erzeugte, nicht allzu groß werden zu lassen.

«So, ab jetzt bimmelt er unerlaubt», sagte der ehemalige Landarbeiter und sah auf seine Armbanduhr.

«Wenn das so weitergeht, schicken wir ihm eine Verwarnung. Und», fügte er hinzu, «wenn ihm das nicht paßt, kann er sich meinetwegen verbrennen.»

Damit stand er auf, verließ grußlos den Raum, stieg in ein kleines Auto, das er vor dem Gasthaus abgestellt hatte, startete mit nervöser Hast den Motor und fuhr davon.

«Der Ärmste», sagte die Frau hinter der Theke, nachdem das helle, tuckernde Geräusch verschwunden war. «Er hat nie einen Sonntag, er hat soviel zu tun.»

«Wieso verbrennen», sagte Sempert, unangenehm berührt von der letzten Bemerkung des ehemaligen Landarbeiters, die er für einen geschmacklosen, deplacierten, in seiner Roheit weithergeholten Scherz hielt. Aber die Frau antwortete, als müsse sie den Beamten entschuldigen:
«Ja, haben Sie nicht gehört, daß sich ein Pfarrer in Zeitz öffentlich verbrannt hat?»
«Wann?» fragte Sempert.
«Vorige Woche», sagte die Frau, und Sempert spürte, wie Kehle und Brust sich weiteten, um einem Gefühl Platz zu machen, das er in dieser Intensität nicht kannte: Betroffenheit. Und es war ihm gleichzeitig, als hätte jemand in seinem Innersten ein Tor aufgestoßen und als würde dahinter eine Landschaft sichtbar werden wollen, die er zu fürchten hatte.
Dieses vage, nach anschaulichen Bildern ringende Etwas dauerte nur Sekunden, aber die Betroffenheit blieb, und es bedurfte schon einer Anstrengung, als Sempert sich auf das Absonderliche, ja Absurde dieser Mitteilung besann und, unter dem Versuch zu lächeln und seiner Stimme etwas Amüsiertes zu geben, sagte:
«Selbstmord ist eine gedankenlose Tautologie. Wer wird sich auf so geschmacklose Weise das Leben nehmen, da ihm der Tod sowieso gewiß ist.»
«Ganz recht», sagte die Frau. «Sterben müssen wir alle. Aber es hat Aufsehen erregt, da er es mit Benzin gemacht hat. Und vor dem Altar. In der Kirche waren über hundert Leute. Es hätte ebensogut ein Unglück geben können.»
Die Glocke läutete nicht mehr, am Teich schnatterten ein paar Gänse, und weiter weg, am Ausgang des Dor-

fes, nach Süden zu, hörte man eine Motorsäge kreischen. Und nun sang die Gemeinde. Es waren ältere, gebrechliche, zögernde Stimmen, aber schon griffen zwei kräftige Altstimmen (die der Pfarrersfrau und ihrer Tochter Annemarie) in den Gesang mit ein, der zumindest so deutlich wurde, daß man in dem Gasthaus nicht ohne Absicht darüber hinweghören konnte.
Sempert trank seinen Tee und dachte darüber nach, welchen Trost die Gemeinde in der Kirche von Bernede jetzt wohl suchen mochte und ob man überhaupt einen Trost für dieses Leben nötig hatte. Er stellte sich Altar und Kanzel vor, er sah den hageren, geheimnisvollen Mann, den er auf dem alten Friedhof beobachtet hatte, hoch aufgerichtet, die Arme von sich gestreckt, vor seiner Gemeinde stehen und – in Flammen aufgehen. ‹Für dieses Leben nicht›, dachte er. ‹Aber vielleicht für unseren Tod.›
Und er wunderte sich, daß er diesen Gedanken gelten ließ, er, der sich sonst sofort auf die überlegene Position seiner Vernünftigkeit zurückzog, dem die Einsicht in die allzuoft bitterbösen Notwendigkeiten dieser Welt keine hilflose Trauer, sondern Vergnügen erzeugte und Zufriedenheit darüber, daß er alles, worunter andere in dumpfer Ahnungslosigkeit leiden, als notwendig zu erkennen in der Lage war. Er verscheuchte das Bild des in Flammen aufgehenden Koldehoff, aber er blieb fasziniert von der Vorstellung, daß ein Theologe, dem das Leben ausdrücklich durch die Obhut Gottes verbürgt war, Hand an sich legte, und in einer Weise, die man skandalös nennen mußte.
Er nahm seinen Koffer auf, legte ein Geldstück neben die leere Teetasse, tauschte mit der Frau hinter der The-

ke ein paar Freundlichkeiten aus (die ihn aufforderte, nächsten Sommer wiederzukommen, was er versprach), dann trat er, im Bewußtsein, daß es das letzte Mal war, auf die Straße hinaus und ging, immer den Koffer in der Hand, zum ovalen Teich. Er sah in das Wasser, das der schwarze Grund in einen Spiegel verwandelte, und wo die Lindenblätter genügend Platz ließen, konnte er den Himmel, das Gasthaus hinter sich und schräg gegenüber Teile der Kirchhofsmauer sehen. Alles wirkte verzerrt, schräg zueinander, war aber von kalter, klarer Deutlichkeit, und in engster Berührung mit der Mauer ragte eine langstielige Sonnenblume auf, deren tellergroße Frucht sich naß und schwarz, als wäre sie verfault, der Erde zuneigte.

Sempert schlenderte den Ufersaum entlang zum Obelisken, wo er sein Fahrrad gegen das eiserne Geländer gelehnt hatte, und indem er flüchtig zum Gasthaus zurücksah, bemerkte er die Wassersüchtige, die hinter dem Fenster stand und seine Unentschlossenheit beobachtete. Ihm fiel ein, er hatte ihr gesagt, er sei in Eile und müsse noch diesen Vormittag mit dem Fahrrad bis Dersenow. Aber dies interessierte ihn nun nicht mehr. Er lud seinen Koffer auf und balancierte das Fahrrad langsam um das Gewässer herum bis zur Höhe der Kirchhofsmauer. Dort, in unmittelbarer Nähe der Sonnenblume blieb er stehen. Sie war eine schwarze, schauerlich-schöne Erscheinung. Ihre Blätter hingen halb aufgelöst als verwesende Lappen an der langen Staude herab, und der Fruchtteller war am obersten Ende, dort, wo er auch in der Blüte seiner Sommermonate Mühe hatte, sich zu halten, abgeknickt und baumelte schwer mit einem Ausdruck ganz lebloser, ganz hoff-

nungsloser Trauer, und Stare hatten ihm große, leere Flecken in das einst so üppige Antlitz gerissen.
Sempert verweilte lange in ihrer Nachbarschaft, den Blick auf jene Lücke zwischen den Findlingen gesenkt, aus der die Blume Leben gefaßt hatte, und die sanfte, kaum spürbare Kraft der Oktobersonne wärmte ihm den Nacken. Er hätte stundenlang so dastehen können, denn wieder entstand ihm in der Nähe des Magens ein Gefühl ganz angenehmer, ganz verführerischer Schwäche, und er wußte, wenn er jetzt keine Anstrengung unternahm, würden ihm die fünfundzwanzig Kilometer bis Dersenow zur Qual werden.
Er unternahm keine Anstrengung. Er blieb, aber in seinem Kopf war doch so etwas wie ein distanziertes Staunen darüber, daß er es fertigbrachte, neben einer faulenden Pflanze, in zu enger Berührung mit einer Mauer, mit hängenden Schultern, schlaffen Armen, deren Hände auf den Enden der Lenkstange ruhten, so lange dazustehen und dem Auf und Ab einer Stimme zu lauschen, die (es war wohl der Pfarrer), von den Fenstern der Kirche gefangengehalten, für Sempert unverständliche Worte sprach.
Aber was sprach der Pfarrer? Und was hatte jener andere Pfarrer gesprochen, der sich mit Benzin übergossen und vor der entsetzten Gemeinde angezündet hatte? Waren es die gleichen frommen Phrasen, die Sempert kannte und die in ihrer naiven Abseitigkeit höchstens Langeweile erzeugen konnten, vorausgesetzt, man war überhaupt bereit, eine Kirche, zum Beispiel den Naumburger Dom, ihrer Schönheit wegen zu betreten und geriet in einen Gottesdienst, dem man gezwungenermaßen, hinter der letzten Reihe stehend, unter

diskreter Zuhilfenahme beider Hände, die das Gähnen verdecken sollten, für einige Augenblicke folgte?

Sempert bemerkte, daß die Predigt Koldehoffs auch außerhalb der Kirche zu hören war, und zwar am Portal, dessen Tür offenstand. Er löste sich aus seiner Apathie und ging in Richtung auf das Portal, in der Absicht, einen Blick ins Kircheninnere auf die versammelte Gemeinde zu werfen, aber immer auch bereit, falls ihm jemand begegnete, von dieser Absicht zu lassen und sich aufs Fahrrad zu schwingen, um nun endlich ganz energisch seinen Heimweg zur Bahnstation nach Dersenow anzutreten. Dabei umschritt er intuitiv einen abwehrenden Bogen, den vorderen Teil seines Gefährts wie einen Schild vor sich herschiebend, und gewann auf der Höhe des Portals den ersten Blick auf die Bänke. Sie waren leer. Die älteren Männer und Frauen, die «schwankenden Gestalten», die «Gespenster» von Bernede, hatten sich erhoben und waren ohne abschließenden Gesang in den engen Mittelgang getreten, um die Kirche wieder zu verlassen, und am Ausgang erschien ihr Seelsorger Martin Wilhelm Koldehoff. Er verließ als erster die Kirche (hoch aufgerichtet in seiner Hagerkeit, den Kopf etwas nach vorn geneigt, den Rücken dem Pfosten der zweiflügeligen Tür zugewandt), aber nur, um jedem Gläubigen mit einem ganz herzlichen, ganz verbindlichen Lächeln die Hand zu reichen. Neben ihn trat seine Tochter Annemarie, die ihrem Vater bei dieser Freundlichkeit assistierte, indem sie bei jedem Handschlag, jeder Erwiderung mehrmals mit dem Kopf nickte, sehr rasch, sehr kurz, mit fahrigem, beinahe nervösem Eifer. Dies alles dauerte mehrere Minuten. Zwar waren es nur, wie Sempert später schätzte, zwölf oder dreizehn Gläubige, aber einige von ihnen nahmen doch die Gelegenheit wahr, ein paar Worte an den Pfarrer und an dessen Tochter zu richten, und besonders die Tochter nahm jedes dieser Worte mit freudiger Begierde auf, und dann, so schien es, hätte sie gern wie der Vater auch die Hand des Betreffenden ergriffen.

Sempert stand in einigem Abstand zu der Szene, aber doch so, daß ihre Unmittelbarkeit auf ihn wirken konnte, und er vergaß jeden Vorsatz, den ihm seine schamhafte Neugierde aufgezwungen hatte. Er war gebannt von dem Anblick derart bescheidener, ja armselig wirkender Nächstenliebe und der Erscheinung dieses Mädchens, das er vor kurzem erst aus dem Fenster der Gastwirtschaft, als es die Straße entlanglief, zu mustern versucht hatte und das den Bemühungen Koldehoffs durch seinen jugendlichen Eifer, die emphatischen Blicke und durch die Art, wie es sich bewundernd in der Nähe des Vaters befand, etwas Überspanntes, Unwirkliches gab. Aber es war auch der Anblick des Vaters, der merkwürdig bemüht war, sich der Gemeinde durch besonders intensiven Zuspruch und durch die herzliche Berührung der Hände nochmals und unwiderruflich zu versichern, als hätte er Angst, er könnte jeden einzelnen, wenn dieser kurze, ein paar Tage dauernde Abschied getan wäre, wieder verlieren und müßte mit seiner Tochter verlassen zurückbleiben im Schatten seiner kleinen, armseligen, freudlos wirkenden Kirche.

Der Abschied war getan, die Gläubigen gingen schweigend, jeder für sich, in beträchtlichem Abstand zueinander, ihren Weg nach Hause, aber Sempert, der wieder spürte, wie Brust und Kehle sich weiteten, um ei-

nem Gefühl der Betroffenheit Platz zu machen darüber, daß er einer Welt zusah, die er belächelt und für hoffnungslos abseitig gehalten hatte, für befangen in einem legendären Aberglauben, der höchstens noch die Vorstellungswelt der Kinder, nicht aber die selbstbewußter, vernünftiger Menschen beschäftigen konnte.
Sempert blieb wie angewurzelt stehen und sah auf das merkwürdige Paar, auf Vater und Tochter, die wiederum nicht umhinkonnten, seine selbstvergessene, auffällige Anwesenheit zu bemerken. Und so spürte Sempert schon den verwunderten Blick Koldehoffs, und er wußte, daß er den beiden, falls er weiter so in seiner sprachlosen Gebanntheit dastehen würde, eine Erklärung schuldig war, und er bemühte sich, indem er den Griff seiner Hände, die um die Lenkstange des Fahrrades gepreßt waren, lockerte, etwas Geistesgegenwärtiges zu sagen. Aber es gelang ihm nicht. Es gelang ihm nur ein klägliches, fast stotternd hervorgebrachtes:
«Ich hoffe, ich störe nicht.»
«Aber ich bitte Sie, warum sollten Sie stören», antwortete Koldehoff, und Sempert lächelte.
Einen Augenblick herrschte gespannte, bewegungslose Unentschiedenheit, aber dann trat ein, was Sempert befürchtet hatte. Dann wandte auch die Tochter ihr Gesicht, das er so begierig sehen wollte, ihm zu, und er erwiderte ihren Blick standhaft, in der Erwartung, daß ihre Augen mit der eben beobachteten emphatischen Kraft und ganz sicher auch, da die Art seiner Anwesenheit dies herausforderte, spöttisch gegen ihn sich richten würden. Aber er täuschte sich. Er sah gar keine Augen. Ihr Feuer war erloschen, und sie waren hinabgesunken in zwei undeutliche Höhlen. Er hätte sie suchen

müssen, um sicher zu sein, daß sie ihn überhaupt betrachteten. Statt dessen sah er Blässe, überall nichts als durchscheinende, melancholische Blässe.
‹Sie muß krank sein›, dachte er noch, bevor er wußte, daß er von diesem Gesicht nicht so schnell würde lassen können. Und er hatte noch das Fahrrad in der Hand, und er wollte noch, nach einem kurzen Blick auf Prediger und Gemeinde, kräftig in die Pedale treten und Bernede für immer verlassen. Aber wie sollte er darauf vorbereitet sein, daß er ausgerechnet vor dem Portal einer Dorfkirche im Anblick einer Pfarrerstochter Fassung und Geistesgegenwart verlieren würde!

3

«Schmeckt es dir?»
«Ja, so ziemlich.»
«Wo ist Annemarie?»
«Ich weiß es nicht.»
«Wollte sie nicht mit dir Abendbrot essen?»
«Ja, aber sie ist sicher wieder in der Kirche und putzt mit einem Tuch an Vaters Kanzel herum.»
«Und sie hat recht. Vaters Kanzel muß sauber sein.»
Die Kälte und Ablehnung, mit der Elfriede Koldehoff ihren fünfzehnjährigen Sohn strafte, waren unüberhörbar. Die Pfarrersfrau saß am Ende des Tisches in der Nähe eines kleinen Fensters und wechselte an den

Hemden ihres Mannes Manschetten aus. Sie war kurzsichtig, hatte aber die Angewohnheit, ihre Brille nie abzunehmen, so daß sie gezwungen war, das schwere Horngestell bis auf die Nasenspitze zu schieben, um die feinen Nähte, die sie mit einer Rasierklinge auftrennte, besser vor Augen zu haben. Ihre Nase war lang und knochig, ihr Haar hellblond und dünn, sie hatte es im Nacken zu einem spärlichen Knoten verschlungen, das Gesicht wirkte großflächig und langgestreckt, und wenn Elfriede Koldehoff lächelte, zeigte sie sehr große Zähne, überhaupt ein Gebiß, das ihr etwas Pferdeähnliches gab. Trotzdem durfte man sagen, daß diese Frau nicht häßlich war. Gesicht, Nase, der ebenso große, sogar schön geschwungene Mund gaben ihr Attraktivität, aber die tiefen Falten an den Mundwinkeln, das Bemühen, ihrem Sohn gegenüber gleichgültige Fassung zu bewahren, wobei sie, ohne es zu merken, die Lippen aufeinanderpreßte, die versteckte Entschlossenheit, auf die Fragen und Bemerkungen des Halbwüchsigen prinzipiell und apodiktisch, immer etwas zu rasch zu antworten, dies alles gab ihr etwas Verbittertes, Angestrengtes und verstärkte den Eindruck grämlicher Magerkeit.

«Laß die kleine Tür in Ruh. Du weißt, dort oben hat Vater sein Observatorium. Du weißt, du hast dort oben nichts zu suchen.»

Dies sagte sie, ohne von ihrer Arbeit aufzusehen, und verriet dadurch, wie lauernd, wie mißbilligend sie jede Bewegung ihres Sohnes verfolgte. Der Junge war aufgestanden und hatte sich, statt seine Schnitte Brot mit Magerkäse zu essen, so wie seine Mutter es wünschte, einer kleinen Tür genähert und blieb nun nach dieser unmißverständlichen Intervention unschlüssig stehen. Hätte er protestieren sollen? War diese Art seiner Mutter, die so ganz und gar nicht gewillt schien, auf die Würde seiner fünfzehn Jahre Rücksicht zu nehmen, keine Widerrede wert? Und warum verbot sie ihm eine Tür, deren Geheimnis jedem im Hause seit Jahren bekannt war?

Gerd, so hieß das zweite Kind der Koldehoffs, spürte so etwas wie Kränkung, Betroffenheit in sich aufsteigen, aber ebenso rasch überkam ihn jenes Gefühl grenzenloser Überlegenheit, das alles so leicht machte und das er sich in den letzten Monaten erworben hatte. Er setzte sich an den Tisch zurück, begann zu essen und sagte mit vollem Mund, unter Aufbietung ganz naiver, ganz angestrengter Ironie:

«Du möchtest mir also nicht sagen, was Vater auf dem Dachboden versteckthält?»

«Ganz richtig, Gerd. Das möchte ich dir nicht sagen.»

«Ist es ein geheimnisvoller Fall christlicher Nächstenliebe?»

«Vielleicht. Du hast immerhin einen Theologen zum Vater.»

«Der nicht an Gott glaubt.»

«Du bist unverbesserlich. Und du solltest nicht so respektlos reden. Du weißt, Vater sitzt in der Bibliothek und hört jedes Wort.»

Der Hinweis auf den Vater und auf dessen Anwesenheit in der Bibliothek blieb nicht ohne Wirkung. Gerd hörte auf zu kauen und sah einen Augenblick auf die große, zweiflügelige Tür, deren rechte Seite geschlossen war. Dadurch war die Sicht auf den Schreibtisch, die Bücher, das kleine Stehpult versperrt, so daß Gerd seinen Va-

ter, falls er wirklich in der Bibliothek arbeiten sollte, nur erahnen konnte. Aber dies war, seit er denken konnte, die natürlichste Art, seinem Vater zu begegnen. Dieser wortkarge, grüblerische Mann war immer nur anwesend und übermächtig, wenn man ihn erahnte, und Gerd konnte sich nicht entsinnen, daß er je mehr als das Allernötigste, Alleralltäglichste mit ihm zu besprechen gehabt hätte. Und wie gern wäre er nachts auf dem Dachboden mit dabeigewesen, um die Position der Sterne kennenzulernen, und wäre er nicht heimlich die Dachrinne hochgeklettert, um dem Vater bei einer nächtlichen Exkursion zuzusehen, er hätte nie erfahren, daß Koldehoff ein kleines russisches Teleskop besaß, das er auf ein Stativ aus Holz montiert hatte und das er, falls das Wetter es erlaubte, von einer Dachluke aus in den Himmel richtete.
‹Merkwürdig›, dachte Gerd, den Schatten Koldehoffs vor Augen, so wie er ihm bei seinem nächtlichen Lauschangriff erschienen war. ‹Wir reden ständig über Vater, aber er sitzt nie mit uns am Tisch. Er macht alles heimlich, als würde er sich schämen, und wenn er auf der Kanzel steht und predigt, das hat mir Tante Hanna selber gesagt, hat niemand den Eindruck, daß er zu seiner Gemeinde redet.›
«Und er notiert die Namen der Toten», sagte er laut. Aber nun öffnete sich eine andere Tür in seinem Rükken, die auf den Korridor, von dort aus in die Küche, in das Zimmer der Kinder und ins Freie führte, und ein alternder, athletischer Mann trat ins Zimmer, beide Arme voller Brennholz. Er hinkte stark, ging aber ohne Umstände zum Kachelofen, murmelte etwas wie «Guten Morgen, allerseits!», ließ geräuschvoll das Holz zu

Boden gleiten, nahm einen Schürhaken zur Hand, öffnete die eiserne Klappe zum Rost und bearbeitete den Ofen.
«Mach keinen Staub, ich esse.» Gerd war aufgestanden, um die Tür, die der Hinkende offengelassen hatte, wieder zu schließen, nicht ohne eine Miene der Mißbilligung, und der Blick, den er auf den Mann am Ofen, es war sein Onkel, warf, verriet: Hier hatte er einen Menschen vor sich, der seiner Achtung, seines Respekts, seiner Höflichkeit ganz und gar unwert war.
«Ich bitte um Entschuldigung. Da es kalt ist, muß man heizen, und ein Ofen braucht gelegentlich Luft.»
«Warum nimmst du keine Briketts?»
«Warum sollte ich Briketts nehmen. Ausgebrannte Öfen heizt man am besten mit Holz.»
Auch diese Antworten kamen rasch und unwirsch. Auf den ersten Blick schien es, als sei der Junge in diesem Hause ganz und gar ungelitten, und so war es auch. Aber es gab hierfür eine Rangordnung, und derjenige, der die letzte Stufe dieser Rangordnung innehatte, das war Onkel Eberhard.
Ja, Onkel Eberhard war in diesem Hause ganz und gar ungelitten. Dieser Mann mit dem Gesicht eines Fauns und den spöttischen blauen Augen hatte trotz seiner stolzen athletischen Erscheinung etwas Geducktes an sich, und er vermied es, während er Holz in den Ofen legte und mit Hilfe von Spänen und Reisig Feuer anmachte, irgend jemanden im Zimmer anzusehen. Aber er spürte die unverschämten Blicke des Jungen in seinem Rücken, und er spürte die stille Reserviertheit seiner Schwester, die kein einziges Mal aufgesehen oder seinen Gruß erwidert hatte, als er ins Zimmer getreten

war. Er rückte, nachdem er dem um sich greifenden Feuer zugesehen hatte, einen alten, abgesessenen Lehnstuhl vor das Ofenblech, knöpfte seine Joppe auf, griff, während er sich setzte, nach einem Beutel mit Tabak und war dann damit beschäftigt, aus einem Stück Papier eine Zigarette zu drehen. Einen Augenblick herrschte Stille, und es schien, als ließe jeder den anderen, wenn auch unter gespannter Aufmerksamkeit, gewähren, aber nun ließ Elfriede Koldehoff den Hemdsärmel mit der halbabgetrennten Manschette sinken, drehte sich zum Ofen um und sah ihren Bruder mit vorwurfsvollen, bekümmerten Augen an.

«Ist irgend etwas?» fragte Eberhard.

«Willst du nicht die Jacke ausziehen?»

«Nein. Solange der Ofen kalt ist, braucht man eine Jacke.»

«Woraus du dir nun wieder deine Zigaretten drehst!» sagte Gerd.

«Aus Zeitungspapier. Das habe ich von den Russen gelernt, und die Russen haben uns immerhin besiegt.»

Die letzten Sätze stieß Eberhard so böse, so überraschend, fast bellend hervor, daß Gerd jedes weitere Grinsen unterließ, und Frau Koldehoff zuckte zusammen und sah unwillkürlich auf den Spruch, den ihr Mann über der Tür zur Bibliothek angebracht hatte.

«Dies verrät äußerste Geistesschwäche, wenn man nicht erkennt, wie groß das Elend des Menschen ohne Gott ist.»

Sie hatte diesen Spruch nie verstanden und seinen intellektuellen Anspruch mißbilligt, und nun ertappte sie sich dabei, wie sie diesen Spruch mit ihrem Erschrecken vor dem Bruder in Zusammenhang brachte.

‹Wie hochmütig er ist›, dachte sie. ‹Und den Spruch über der Tür sollte man abnehmen. Aber er ist mein Bruder.› Und laut sagte sie:
«Onkel Eberhard hat Schmerzen. Er kann nachts nicht schlafen, also geht er vor die Tür. Ihr solltet nicht wieder Streit anfangen.» Dann erhob sie sich, verließ das Zimmer, um für Eberhard eine Tasse aus der Küche zu holen, und Eberhard sagte mit leiser, beherrschter Stimme, so als wollte er seine Unbeherrschtheit begütigen:
«Laßt euch nicht stören. Redet weiter, ich höre zu. Und wenn euch das Rauchen stört, machen wir die Korridortür auf.»
Er nahm ein langes Stück Reisig, hielt es in das offene Ofenloch, bis es brannte, und zündete, heftig mit dem Mund nach Luft ziehend, seine Zigarette an, die ausschließlich aus Papier zu bestehen schien, und Gerd wunderte sich, daß sie nicht in Flammen aufging, sondern, je länger Eberhard daran zog, dicke weißgraue, aromatisch riechende Rauchwolken von sich gab.
Der Junge betrachtete den Alten, immer nachlässig an seinem Käsebrot kauend, immer auf dem Sprung, dem ungeliebten Onkel, falls der einmal aufsehen sollte, mit einem überlegenen, abfälligen Grinsen zu begegnen. Er betrachtete dieses keilförmige Gesicht unter dem kräftigen, immer noch schwarzen Haar, den hervorstehenden buschigen Augenbrauen, den Augen, die stark, rigoros und abenteuerlich wirkten, und er dachte an die Legenden, die über diesen Mann im Umlauf waren, über die in diesem Hause aber niemand sprechen durfte.
Frau Koldehoff kam aus der Küche zurück, ging zum

Tisch, füllte eine große Henkeltasse mit dampfendem Kaffee.
‹Sieh an›, dachte Gerd. ‹Du spazierst nachts an der Elbe herum. Obwohl es verboten ist. Du sollst überhaupt ein Leben lang getan haben, was verboten ist. Und Annemarie sagt, du trägst eine Mütze in der Tasche herum, die möchte ich einmal sehen.›
Und laut sagte er:
«Wer hier über die Elbe will, hat keine Chance. Die Türme stehen zu dicht. Trotzdem möchte ich wissen, warum sie mit ihren Maschinen auf hundert Schritt nicht immer sicher treffen.»
«Weil Nebel ist», antwortete Eberhard. «Geh hinaus, dann wirst du sehen, wie die Elbwiesen, sowie es kalt wird, dampfen. Die Schwaden sind brusthoch. Es ist, als ob man durch Wolken geht, und natürlich muß man, wenn man nicht gesehen werden will, kilometerweit kriechen.»
«Gehen hier viele über die Elbe?»
«Man sagt jedenfalls so. Wer das Wasser erreicht, muß nur noch kräftig schwimmen.»
«Aber manche ertrinken.»
«Ja, weil es sie vorher erwischt hat.»
«Niemand zwingt sie dazu. Niemand sollte Gott versuchen», sagte Frau Koldehoff.
«Ich würde sagen, hier wird nicht Gott versucht, sondern die Zuverlässigkeit einiger Scharfschützen.»
Zufrieden über soviel Sarkasmus nahm Eberhard die Henkeltasse, die seine Schwester ihm hinhielt, und er trank sie, obwohl der Kaffee heiß war, in einigen Zügen leer. Dann hielt er sie fest in den Händen, weil er wußte, daß seine Schwester, die vor ihm stand, die Ange-

wohnheit hatte, ihm die Tasse, kaum daß er sie leergetrunken hatte, wieder abzunehmen, und ihre Hände waren schon griffbereit, aber Eberhard tat, als würde er dies nicht bemerken. So verharrten sie eine Weile, sie in geduldiger Erwartung, daß er ihr die leere Tasse doch noch überlassen würde, damit sie sie in die Küche zurücktragen könnte, er in seinem trotzigen Entschluß, die Tasse so lange festzuhalten, bis sie ihre Erwartung aufgab. Es war ein stiller, sanfter Kampf, der zu keiner inneren Erregung führte, sondern eher angenehm und beruhigend wirkte: Sie spürten beide ihre geschwisterliche Nähe.

Elfriede Koldehoff liebte ihren Bruder, und sie verzehrte sich in hoffnungsloser Traurigkeit, daß sie ihn als ausgestoßen betrachten mußte. Eberhard, der achtzehn Jahre älter war, spürte ihre Zuneigung, und es verlangte ihn danach, ihre Traurigkeit gelegentlich zu schüren, indem er, so wie jetzt, schwieg und rauchte und demonstrativ zur Erde sah, obwohl er wußte, daß ihr Blick, je länger er dies tat, immer bekümmerter auf ihm ruhte. Nein, der ältere, einst so bewunderte Bruder zeigte sich seiner jüngeren Schwester gegenüber immer noch nicht bußfertig. Im Gegenteil, er strafte sie immer wieder durch Anzeichen seiner Verstocktheit, weil er glaubte, zwischen ihnen sei alles so gekommen wie es kam, weil sie einen überspannten, lebensunfähigen Theologen geheiratet hatte.

Und er sollte in seinem Vorwurf wenigstens insofern recht behalten, als der Beweis, daß Koldehoffs Anwesenheit die Stimmung im Zimmer nicht besserte, sondern die Bedrücktheit der Anwesenden eher steigerte, hinter ihrem Rücken längst vollzogen war. Koldehoff erschien, nur von dem Jungen bemerkt, in der Tür zur Bibliothek, und er war sofort gebannt von dem Anblick der Geschwister, deren hoffnungslose, traurige Versunkenheit er spürte, und er hielt seiner Frau wie zur Abwehr, unfähig, ein Wort zu sprechen, mit ausgestreckten Armen Teller und Tasse hin. Er hätte noch länger unbemerkt so dagestanden, hätte Gerd sich nicht geräuspert, ein Geräusch, das Frau Koldehoff veranlaßte, sich sofort, wie instinktiv, zu ihrem Mann umzudrehen.

«Entschuldige», sagte Koldehoff. «Ich mache für einen Augenblick die Tür zu. Es ist wirklich nicht böse gemeint. Ich bedanke mich für das Abendbrot.»

Und er zog, kaum hatte Elfriede Teller und Tasse ergriffen, seine Hände weg und schloß (aber Elfriede wollte ihm etwas sagen! Sie bog ihren Kopf, den ganzen Oberkörper ihm entgegen!) nahe vor ihrem Gesicht die Tür.

Dies war eine unmißverständliche Geste, und Augenblicke lang rührte sich im Zimmer niemand mehr. Eberhard hielt seine Zigarette zwischen Daumen und Zeigefinger gegen die Lippen, wagte aber nicht, daran zu ziehen, seine linke Hand umspannte immer noch die Henkeltasse. Gerd hatte sich halb vom Stuhl erhoben und sah auf seine Mutter, die, abgeschnitten in ihrer mitteilsamen Bewegung, den Teller ihres Mannes gegen die Brust gepreßt, dastand, als könnte sie sich nicht entschließen, ihr Gesicht von der viel zu nahen Tür zurückzuziehen.

«Da hast du es», sagte sie schließlich. «Du störst ihn. Ich habe doch gesagt, Vater hört nebenan jedes Wort.»

«Liest Vater in der Bibel?»

«Das hat er immer getan.»
«Dann betrügt er die Leute, denn er hat mir gesagt, die Bibel geht uns eigentlich nichts mehr an.»
«Du darfst Vater nicht beim Wort nehmen. Du weißt, wie schwer er sich zu seinem Amt durchgerungen hat, und Zweifel machen ihm die Sache nicht leichter.»
Dieser letzte, barsch und hastig, fast abwehrend gesprochene Satz schnitt dem Jungen jede weitere Bemerkung ab. Die Mutter ging zum Vertiko, um das Geschirr, entgegen ihrer Gewohnheit, dort abzustellen, blieb aber eine Weile gedankenabwesend stehen. Ihre Aufmerksamkeit schien immer noch der Tür zur Bibliothek zugewandt, und es war klar, daß der kurze, lieblose Auftritt ihres Mannes sie innerlich bewegte. Ihre Hände zitterten, sie hatte rote Flecken im Gesicht. Dann aber, wie um ihre innere Erregtheit entschlossen loszuwerden, gab sie sich einen Ruck, schob Teller und Tasse ohne Rücksicht auf die Politur hart auf das Vertiko und ging, die Lippen fest aufeinandergepreßt, zum Tisch zurück, wo sie mit raschen, energischen Bewegungen an den Manschetten der Hemden weiterarbeitete. Bruder und Sohn wechselten miteinander kurze Blicke.
Eine Weile wagte der Junge nicht, die abweisende, einsame Nähe seiner Mutter zu durchbrechen. Er hatte das Bedürfnis aufzustehen, um in der Diele die Schuhe zu wechseln und den Schlips abzubinden, aber die Blicke, die Eberhard seinem Neffen zuwarf, hatten etwas Freches, Aufforderndes, versteckt Triumphierendes. Sie gaben dem Jungen seine Sicherheit zurück, und so sagte er, im Unterton seine Verachtung für die Mutter, die sich so vom Vater behandeln lassen mußte, auskostend:

«Mutter, ich werde freiwillig zum Militär gehen. Es ist besser so. Vielleicht kann ich hinterher etwas Vernünftiges studieren.»
Er erwartete, daß sie seinen Wunsch zum Militär zu gehen wie so oft mit fassungslosem Kopfschütteln quittieren würde, aber sie reagierte gelassen, sie sagte:
«Tu, was du willst. Niemand hindert dich daran.»
«Vater hat anfangs auch nie Pfarrer werden wollen.»
«Nein, erst als wir uns kennenlernten.»
«Und wie habt ihr euch kennengelernt?»
«Willst du das wirklich wissen?»
«Nun erzähl schon. Warum soll er nicht wissen, wie du seinen Vater kennengelernt hast», sagte Eberhard, und seine Augen, seine Mundwinkel und die besondere, zurückgenommene Betonung des Wortes ‹Vater› verrieten seine Verachtung, und der Junge empfand, wie frivol es war, daß der geächtete Onkel derart abfällig über den makellosen Vater empfinden durfte, und er genoß diese Frivolität, und so lauerten sie beide, kurze Blicke miteinander wechselnd, was Elfriede Koldehoff jetzt wohl zu sagen hätte.
Aber die Mutter schwieg. Sie spürte die Kumpanei der beiden und die Anstrengung, ihr ein unwilliges, aufseufzendes Wort über den Ehemann zu entlocken, und sie mußte darüber unwillkürlich lächeln. Und dann, nachdem dieses Lächeln ihre Bitterkeit gemildert hatte und niemand mehr eine Antwort von ihr erwartete, sah sie auf, schob ihre Brille zurück und sagte sehr korrekt, sehr höflich, nochmals ausdrücklich und mit herausfordernder Absicht lächelnd, so als wollte sie sich unmißverständlich vor Koldehoff stellen oder zumindest ihr Schweigen nicht falsch gedeutet sehen:

«Ich sah Vater das erste Mal, als er auf einer Orgel spielte. Er war aus Kassel nach Stralsund gekommen und war sehr verzweifelt.»
«Warum?» fragte Gerd.
«Ich weiß es nicht. Er verkaufte in Kassel drei Jahre lang Sicherheitsgurte oder ähnliches. Dann konnte er plötzlich keinen Menschen mehr sehen.»
«Und warum kam er nach Stralsund?»
«Er war dort geboren, und es hatte sich nichts verändert. Er liebte die Nikolaikirche, er hatte dort Orgel spielen gelernt. Aber am liebsten wollte sich Vater in vertrauter Umgebung verkriechen und irgend etwas erforschen. Er wollte für sein Leben gern Astronom werden.»
«Und warum wurde er es nicht?»
«Werde du Astronom, Gerd. Du bist vernünftig. Vielleicht hältst du den Blick durchs Fernrohr besser aus als Vater.»
«Und weiter?»
«Weiter nichts. Wir lernten uns kennen, und ich sagte Vater, er solle nicht verzweifeln. Es gäbe keine andere Wahrheit als Gott. Und Vater gab mir recht, und jetzt sitzen wir hier und versuchen, alle miteinander glücklich zu werden.»
«Dein Mann hätte nach Kassel zurückgehen sollen. Dann müßte er jetzt keine Botschaft ausarbeiten, an die er selber nicht glaubt», sagte Eberhard, der sich über den frommen Tonfall seiner Schwester, den sie, so war seine Meinung, unter dem Einfluß Koldehoffs angenommen hatte, ärgerte. Er hielt sie in ihrer Einfalt für unfähig, Sprüche über den Sinn des Lebens abzugeben, und er haßte die, so war seine Meinung, mit biblischen

Unverbindlichkeiten ausgeschmückten Reden, die Koldehoff in seiner Bibliothek für den Gottesdienst ausarbeitete, und die seine Schwester, so war wieder seine Meinung, nachahmte.

«Dein Mann ist überspannt», sagte er, nun schon in der Absicht, seine Schwester durch Anzüglichkeiten zu reizen. «Er sitzt nächtelang vor seinem Teleskop, dann zieht er sich doch lieber in die Sakristei zurück. Die Kirche darf er nicht verändern, aber in der Sakristei hat er allen Gips und das verstaubte Holz abnehmen lassen. Er hat bis auf einen Stuhl jedes Möbelstück entfernt, und an die weißgekalkte Wand hat er ein Kruzifix aus Messing gehängt. Und was tut er? Er sitzt in der Dämmerung auf einem Stuhl und starrt auf das Kruzifix. Als ob es da etwas zu sehen gäbe.»

«Er lügt», antwortete Gerd, das Wort Lüge unter albernem Grinsen in die Länge ziehend. «Er möchte schon wissen, warum Vater solange vor seinem Kruzifix betet. Und heute wollte er unbedingt den Blasebalg treten, um unauffällig in der Kirche zu sein. Er weiß genau, warum Leute seines Alters Vaters Predigt hören wollen. Sie haben wie er Angst vor dem Sterben, aber sie finden, und darum beneidet er sie, jeden Sonntag für eine Dreiviertelstunde Trost.»

Dabei erhob er triumphierend seinen Kopf, die Augen der Pfarrersfrau begannen unruhig zu flackern, und Eberhard mußte in seinem Innersten genügend Anlaß zum Erschrecken haben, denn er wurde blaß. Seine sonst immer etwas zitternden Hände verharrten regungslos, schlaff und hilflos hing der alternde Mann plötzlich in seinem Sessel, den stieren Blick auf den Jungen gerichtet.

«Was verstehst du schon von meiner Angst», sagte er langsam, beschwörend, fast drohend, wie in der Absicht, den Jungen, da seine Hand ihm versagte, wenigstens mit der Stimme zu fassen.
«Sehr viel», sagte Gerd. «Du kannst nachts deswegen nicht schlafen.»
«Zuallererst fürchtest du den Schnupfen», sagte Frau Koldehoff.
«Ich habe dem Tod freiwillig ins Auge gesehen», sagte Eberhard, und seine Stimme schien irgendwo weither aus der Brust, nicht aus den Stimmbändern seiner Kehle zu kommen.
«Wir sind bei Kursk mit gezogenem Revolver gegen Panzer vorgegangen.»
«Und habt in Kiew auf Frauen und Kinder geschossen.»
«Möglich! Ich kenne den Kitzel des Todes! Wir haben ihn geliebt! Wir haben diesen Engel empfangen und ausgeteilt, und ich lasse mich von keinem Pfaffen sentimental machen!» schrie der Onkel, hochrot im Gesicht, mit geschwollener Schläfenader, mit der ganzen Wucht seiner zurückgewonnenen Energie. Und die Pfarrersfrau zuckte zusammen, die Hände fielen ihr auf die Knie, und das Hemd entglitt ihren geöffneten Fingern. Dann hörte man die Rasierklinge auf den Fußboden klatschen, und Gerd, schon im Begriff, in die Diele zu gehen, um sich endlich vor dem Spiegel die Krawatte abzubinden, blieb wie angewurzelt, den Blick über die linke Schulter hinweg auf den Onkel gerichtet, in der Tür stehen. Und nun herrschte wieder jene erwartungsvolle Stille. Alle warteten darauf, daß sich die Tür zur Bibliothek öffnen würde, um die hagere, schweigende Gestalt Koldehoffs zum Vorschein zu bringen, denn,

und darin waren sich alle einig: Die Sätze vom Kitzel des Todes und dem Engel, den der Bruder seiner Frau so liebend gern empfangen und ausgeteilt hatte, diese unglaublich hochmütigen und gottlosen Sätze mußte Koldehoff gehört haben. Aber Koldehoff zeigte sich nicht. Und da der Seelsorger der kleinen Gemeinde Bernede, der hinter verschlossener Tür mit sich und Gottes Wort zu Rate ging, so hartnäckig schwieg, mußten die drei im Zimmer ihre Fassung allein zurückgewinnen. Denn eines war klar, daran hätte auch die Autorität Koldehoffs nichts geändert, dies hatte sich seine Frau von Anfang an ausbedungen: Wie verstockt, wie unbeherrscht, wie bösartig sich der gefallene Bruder gegen die Notwendigkeit seiner Reue auch immer zur Wehr setzen sollte, seine Schuld war so groß, seine Aussicht auf menschliche Vergebung so hoffnungslos, daß die Schwester ihn in ihrer Nähe halten mußte. Denn nur unter ihrem Dach, unter dem ihrem Bruder, so war ihre Meinung, wenigstens Gottes Barmherzigkeit sicher war, hätte er den Rest seines Lebens in Ruhe beschließen dürfen. Und so spürte Eberhard wieder ihren traurigen, bekümmerten Blick, und er wußte, es war eine jener Floskeln, die sie sich selbst schuldete, es war eine Redensart ihres so frommen Gewissens, wenn sie sagte:
«Du bist roh, Eberhard», indem sie sich das Hemd wieder zurechtlegte und die Rasierklinge vom Boden aufnahm. «Du hast nie Rücksicht auf anderer Leute Gefühle genommen. Wenn du nicht mein Bruder wärst, würde ich dir die Tür weisen.»
Er aber antwortete im Ton vollkommener Gleichgültigkeit:

«Ich bitte um Entschuldigung.»
Und der Junge lächelte verächtlich über seinen Onkel, der so heftig und so oft Beweise seiner Unverbesserlichkeit von sich gab, und der dann doch, und nun schon seit dreißig Jahren, untätig und bequem in seinem Sessel und in seiner verschlissenen Jacke verkrochen, Pfeifentabak aus altem Zeitungspapier rauchend, nur hin und wieder und nur aus eigener Bedürftigkeit, wenn es ihm kalt wurde, für einen ausgebrannten Kachelofen Holz hackend, das sichere Gnadenbrot seiner Schwester aß.

4

Abende, an denen nur noch rücksichtsvolles Schweigen ein Nebeneinander in enger Stube möglich machte, waren keine Seltenheit in der Pfarrei von Bernede, vor allem war es der Beginn des Winters, den Elfriede Koldehoff fürchtete. Dann wurde ihr Bruder unruhig, und die Kugel in seinem Körper begann auf mysteriöse Weise zu wandern, so daß er nächtelang ohne Schlaf dalag oder seine Jacke nahm und in ausgedehnten Wanderungen seine Angst zu beruhigen versuchte. Er humpelte stundenlang durch die verbotenen Wälder oder saß im Dickicht versteckt und beobachtete die Posten, und dies war die einzige Genugtuung, die er von seinen Wanderungen in die Pfarrei

mit zurückbrachte: Daß sie ihn, obwohl er ihnen so dicht auf den Fersen war, nie hatten entdecken können, und er hatte Grund, diese Entdeckung zu fürchten, denn er trug in der rechten Tasche der Jacke einen Beweis seiner unversöhnlichen Gegnerschaft. Es war eine Mütze der Waffen-SS, von der Art, wie Panzergrenadiere sie getragen hatten, sie war verblichen, aber immer noch schwarz und hatte an ihrer Vorderseite, dort, wo sie auf der Höhe der Stirn zu sitzen kam, einen grausilbrig schimmernden Totenkopf.
Elfriede Koldehoff wußte von der Existenz dieser Mütze, und sie wußte, daß er von dieser sonderbaren Geschmacklosigkeit, sie wie einen Fetisch bei sich zu tragen, nicht lassen wollte. Und wie oft hatte sie ihm, wenn sie allein waren, ins Gewissen zu reden versucht. Oder sie sagte, indem sie nach längerem Schweigen plötzlich die Hände gegen ihn ausstreckte: «Eberhard, du bist mein Bruder, und vergiß nicht, ich sehe dir vieles nach.» Und wenn er dann antwortete: «Das vergesse ich nicht», und sie annehmen durfte, daß er nachgiebiger gestimmt war, da er ungestört rauchen und seinen Platz am Ofen ohne Sticheleien behaupten durfte, fügte sie hinzu: «Aber um eines muß ich dich bitten. Und, nicht wahr, du erfüllst mir diese Bitte: Gib mir deine Mütze!» Aber nun traf sie schon der kurze, verächtliche Blick, den sie fürchtete, er sagte: «Damit du sie in den Ofen steckst. Ich werde dir etwas husten», und sie antwortete, damit ihre Attacke nicht ganz und gar ins Lächerliche geriet und auch, weil sie sich zu dieser hoffnungslosen Bitte so lange hatte durchringen müssen: «Eberhard, du trägst die Todsünde in deiner Tasche herum. Du hast auf Frauen und Kinder geschossen.» –

«Frauen und Kinder sterben auch so. Gott darf töten, aber der Mensch nicht. Wie selbstgerecht ihr seid, immer nur selbstgerecht», sagte Eberhard ruhig ohne Bitterkeit. Und wenn er sich nun nicht erhob, das Zimmer verließ, um vor dem Schuppen Holz zu hacken oder eine seiner Wanderungen wiederaufzunehmen, wurde ihr schweigendes Nebeneinander unerträglich. Elfriede Koldehoff litt, und es kam vor, daß sie lautlos weinte, fassungslos darüber, daß sie einen Bruder neben sich wußte, der zu solchen Antworten fähig war.
Im November wurden die Winde aus Nordwesten stürmisch, die tage- und nächtelang an den Fenstern der Pfarrei rüttelten, dann verkroch sich Eberhard in seinem Zimmer, und die Pfarrersfrau saß allein am Tisch unter der Lampe und spürte deutlicher die klammen Wände und daß es im ganzen Haus säuerlich nach Schimmel roch, und die Füße wollten ihr nicht mehr warm werden, da die naßkalte Kellerluft, gegen die der Kachelofen vergeblich ankämpfte, durch die Ritzen der Bodenbretter unaufhaltsam nach oben drang. Sie spürte, wie ihr die Gelenke steif wurden, und in den ersten Jahren hatte sie jede Schwellung durch Massagen zu bekämpfen versucht, aber nun, da auch die ungesunden rötlichen Flecken in ihrem Gesicht als unabwendbar sich abzeichneten, gab sie es auf, sich um ihre Gesundheit oder um ihre Ansehnlichkeit noch irgendwie besonders zu kümmern. Sie verbrachte die langen Abende mit der Durchsicht der Wäsche oder besserte die Kleidung ihrer Kinder aus, so verging auch im Winter ihre Zeit im Einerlei ihrer täglichen Verrichtungen. Sie freute sich auf den Sommer, und wenn ihr Bruder, der ewigen Dämmerung überdrüssig, meinte: «Könnte

man nicht wenigstens eine Linde fällen, damit Licht durch die Fenster kommt?» antwortete sie: «Die Linden sind im Sommer grün, und es gibt nichts Schöneres, als im Sommer unter den Linden zu sitzen.» Und es war dieser Gleichmut, der ihn immer wieder veranlaßte, die Dinge um sich her ebenso zu ertragen wie seine Schwester, denn im Ertragen ihrer Lebensumstände war Elfriede Koldehoff musterhaft. Es zeichnete sich in ihrem Selbstgefühl nichts ab, das man als Irritation mit der Bedingung ihrer Existenz hätte deuten können. Sie hatte keine Angst vor dem Altern, noch machte sie sich Gedanken darüber, was es mit diesem Leben, das so schnell zerrann, letzten Endes auf sich haben könnte. Sie glaubte, was sie aus der Bibel sicher wußte, daß ihrem frommen Gewissen die ewige Auferstehung zugesichert war, aber dies sichere Wissen hätte sie nicht gebraucht. Sie schätzte ihr eigenes Leben so wenig, sie war derart außerstande, sich selbst in ihren Wünschen und Phantasien aufzuwerten, daß der Gegenstand, der Lohn ihrer Gläubigkeit, das Evangelium, sich der Welt ihrer Vorstellungen durchaus entzog. «Wie denkst du über die Bibel, Mutter?» fragte Gerd oft, in der Absicht, die Naivität seiner Mutter bloßzustellen, und sie antwortete: «Ich glaube ihr jedes Wort.» – «Ohne darüber nachzudenken?» – «Ohne darüber nachzudenken.» – «Und Vater?» – «Vater denkt zuviel, und es ist keine Kunst, sich die Bibel durch längeres Nachdenken zu zerstören.» Und so kam es, daß die Mutter, der Voraussetzungslosigkeit ihres Glaubens wegen, von dem Sohn, mit ausdrücklichem Hinweis auf den zweifelnden Vater, den Pfarrer, den Seelsorger auch dieser Familie, belächelt wurde, und dies machte sie einsam, dies hätte sich Elfrie-

de Koldehoff bei ihrer Trauung in der Stralsunder Nikolaikirche allerdings nicht träumen lassen.
Und wie hatte sie ihren Mann geliebt! Wie hatte sie seinen stillen, verzweifelten Kampf bedauert, Fassung für ein Leben zu bewahren, das ihm nur Gründe zur Verzweiflung zu bieten schien und das er lieber heute als morgen zu beenden wünschte. Und wie war sie froh, als er zustimmte, Theologe zu werden, denn nun, so dachte sie, könnte er endlich von seinen sinnlosen Grübeleien lassen und alles, auch die Verantwortung für seinen verneinenden, melancholischen Charakter in die Hände einer höheren Macht legen, um mit ihr und ihren gemeinsamen Kindern irgendwo, und sei es in Bernede, frei von Skrupeln, tiefsinnigem Hinterfragen als Geschöpf Gottes einfach zu leben! Sie wußte, daß er ständig, auch nachdem die Trauung vollzogen war, Gift bei sich trug, und das erste, was sie tat: Sie entwand ihm die Schachtel mit den Tabletten, und er mußte versprechen, solange sie Mann und Frau waren, an derlei Unsinn nicht mehr zu denken.
Das war vor achtzehn Jahren. Nun waren sie längst nicht mehr Mann und Frau, und Koldehoff hatte wieder seinem fatalen Hang zur Grübelei nachgegeben, dessen er sich schämte und den er zu verstecken suchte, indem er sich zurückzog und bemüht war, neben seiner Tätigkeit als Pfarrer wissenschaftliche Studien zu betreiben. Er notierte die Namen der Toten von den Grabsteinen und versuchte, ihr gelebtes Leben wieder ausfindig zu machen, er benutzte, sowie der Zustand des Himmels dies zuließ, sein russisches Teleskop und las Bücher über die Geheimnisse der ihn umgebenden Natur. Aber all dies tat er nur, so gut verstand Elfriede ihren einst so

geliebten Mann immer noch, um sich mit eiserner Kraft von den Geheimnissen seiner eigenen Natürlichkeit abzulenken. Sie lächelte über seinen bleichen, zurückhaltenden Ernst, dessen er sich bediente, wenn sie zufällig zusammentrafen und sich keine Gelegenheit bot, sofort wieder voneinander zu lassen. Sie wußte, nun hatte er Angst, daß sie ihn endlich zur Rede stellen und auffordern würde, Erklärungen über sein Benehmen abzugeben. Aber sie gab ihn frei, sie verließ nach wenigen Augenblicken das Zimmer.

Nur einmal noch, aber auch dies war zwei Jahre her, versuchte sie wie in vertrauteren Zeiten ein Gespräch anzufangen, als sie abends ins Zimmer trat, und Koldehoff hatte sich, sehr entgegen seiner Gewohnheit, am Tisch unter der Lampe niedergelassen, er las in der Bibel. Sie blieb in der Tür zur Diele stehen und war überrascht, daß er keine Anstalten machte, seinen Platz wieder zu verlassen oder zumindest Anzeichen einer beginnenden Unruhe von sich zu geben. Nein, er nahm kaum Notiz von ihrer Anwesenheit, er saß ruhig da und las, die Arme gegen den Tisch ausgestreckt, die Bibel mit den Händen an der Tischkante festhaltend, den Rücken hoch aufgerichtet, so daß er die Lehne hinter sich nicht berührte, den Kopf etwas in Richtung Nacken gebeugt, damit die Augen, so wie es ihrer extremen Weitsichtigkeit entsprach, Raum gewinnen konnten. Sie zögerte einen Augenblick, ob sie dieser ungewohnten Ruhe und Gelassenheit ihres Mannes trauen durfte, aber dann ging sie doch, unterwegs ihr Nähkästchen vom Vertiko aufnehmend, zu Eberhards Sessel, setzte sich und begann dort, obwohl die Lampe ihr auf diese Entfernung hin nur ungenügend Licht gab, ihre Utensilien zu sortieren. So erkundete sie eine Weile schweigend seine Nähe, indem sie einige Male kurz gegen ihn aufsah, in der Meinung, daß er ihren Blick spüren und erwidern müßte, und als dies ausblieb, fragte sie, in der Absicht, sein intensives Vertieftsein in die Heilige Schrift, an dessen Aufrichtigkeit sie nicht glauben konnte, zu unterbrechen:

«Du liest in der Bibel?»

«Ja», antwortete er. «Wenn du erlaubst, lese ich in der Bibel.»

«Wie war das Wetter gestern nacht?»

«Recht gut.»

«Konntest du wieder dein Fernrohr benutzen?»

«Ja, durchaus.»

«Und bist du froh, daß du wieder dein Fernrohr benutzen konntest?»

«Ja, darüber bin ich froh.»

«Wie du das sagst.»

«Wie sollte ich es sonst sagen», antwortete Koldehoff. Er sah kein einziges Mal auf, und der Ton seiner Antworten, knapp, fast abweisend gehalten, verriet, er hatte nicht die Absicht, mit seiner Frau über derlei Dinge zu reden, da er wußte, daß ihr Interesse an seinem Teleskop und dem Zustand des Himmels nicht ohne Hintergedanken war. Sie hatte in letzter Zeit den Kindern gegenüber Zweifel darüber geäußert, ob es für ihren Vater schicklich sei, sich in solch einer Weise mit einem Ort zu beschäftigen, der der Vorstellungswelt gläubiger Menschen vorbehalten war, zumal die Leute nun darüber reden konnten, der Pfarrer von Bernede hätte es nötig, mit einem Fernrohr den Himmel abzusuchen, da er nicht wüßte, wo Gott, der Herr, dessen Wort er pre-

digte, eigentlich wohnt. Dies hatte Annemarie (und dies war die Absicht der Mutter) ihrem Vater hinterttragen, und man kannte auch die Meinung der Mutter, daß das Teleskop ihres Mannes der Ruhe, dem Frieden des Hauses ebenso abträglich und im Wege war wie die übelbeleumdete Mütze ihres Bruders.
«Früher», sagte sie, «hättest du mir zuliebe auf dieses Instrument verzichtet.»
«Das würde ich heute noch tun», antwortete Koldehoff.
«Aber da das Ding deinen Glauben nicht erschüttern kann ...»
«Nein, denn Gott findet man nicht hinter ein paar geschliffenen Gläsern.»
«Richtig», erwiderte er korrekt, höflich, aber in einem Ton, der anzeigte, daß er immer noch bemüht war, sich in seiner Lektüre nicht stören zu lassen. Aber für Elfriede hatte das Gespräch begonnen. Sie spürte eine Aufwallung, die aus ihrem Herzen zu kommen schien, eine Aufwallung, die ihre Gehemmtheit endlich einmal löste. Sie ließ ihre Hände mit den Nähutensilien sinken, sah ihrem Mann voll und ganz ins Gesicht.
«Und du erinnerst dich», sagte sie. «Als du von Kassel nach Stralsund kamst und an deiner Neugierde verzweifeln wolltest ... Du hast kaum gegessen und geschlafen, du wolltest wochenlang nur Orgel spielen ... Habe ich dir Ruhe gegeben, indem ich dir sagte: Gib deine Neugierde auf. Glaube ab sofort nur noch an die Bibel. Alle Neugierde zerstört den Menschen, es hilft nur der Glaube, denn es gibt keine andere Wahrheit als Gott. Habe ich dir damals geholfen?»
«Ja, du hast mir geholfen.»
«Warum hast du wieder angefangen zu zweifeln? Ha-

ben wir nicht viele Jahre glücklich miteinander gelebt?» Er hob den Kopf und sah sie kurz an. Seine Knie wurden unruhig, als wollten sie ausbrechen. Er lächelte verlegen, aber in seinen Augen war ein merkwürdiges Flackern, das sie irritierte, so daß sie einen Augenblick Mühe hatte, davon loszukommen, ehe sie leise, fast zärtlich, um ja keinen Verdacht des Vorwurfs aufkommen zu lassen, hinzufügte:
«Nicht wahr, du hast mir mit dieser Ehe ein Versprechen gegeben.»
«Ich weiß», antwortete er ernst, fast feierlich. «Und ich wollte mein Versprechen auch einlösen. Aber nun habe ich dich und die Kinder um ihre Ruhe und Geborgenheit gebracht, und niemand ist unglücklicher darüber als ich selbst.»
«Dann sag mir, Koldehoff, was fehlt dir? Warum ißt du mit uns nicht mehr an einem Tisch, warum meidest du deine Kinder, warum schließt du dich vor uns tagelang ein! Bin ich nicht mehr deine Frau?»
«Wie kannst du so etwas sagen.»
«Willst du allein sein? Soll ich mit den Kindern ein paar Wochen nach Stralsund gehen?»
«Nein.»
«Bereust du es, daß du Pfarrer geworden bist?»
«Vielleicht», sagte er und senkte wieder seinen Blick. Und da er wußte, daß dies Geständnis für sie, obwohl sie es herausgefordert hatte, unannehmbar war, nahm er es zurück, indem er hinzufügte: «Mach dir keine Sorgen. Ich bin Pfarrer, und du hast mir den einzig richtigen Weg gewiesen.»
«Aber ich spüre, du machst dir wieder unnötige Gedanken, und ich habe Angst vor diesen Gedanken», sagte

sie. Sie überwand auf seine letzte Bemerkung hin ihren kurzen Schrecken, aber nun wollte sie nicht, daß er wieder, es bei dieser Versicherung belassend, schwieg. Es war gut, daß er immer und immer wieder versicherte, er wolle Pfarrer bleiben, und sie vertraute ihm. Aber dies genügte ihr nun nicht mehr, dies hatte sie jahrelang erlebt. Sie hatte jahrelang einen Mann erlebt, dessen treue, eheliche Nachbarschaft außer Frage stand, aber dessen Gesicht sie doch nicht mit ihren Händen fassen konnte, weil er sich ihr, wie eben jetzt, durch eine unheimliche, ewig grübelnde, ewig schweigende Gedankenwelt entzog.

«Sag es mir, Koldehoff», wiederholte sie fast bettelnd, mit Tränen in den Augen. «Sag mir, woran du denkst. Sag es mir und den Kindern zuliebe. Du ahnst nicht, wie sehr wir unter deinem Schweigen leiden. Sag es, vielleicht können wir dir helfen! Du bist blaß, Koldehoff, du kannst unmöglich weiter so in dich hineinschweigen.»

Aber es nutzte nichts, Martin Wilhelm Koldehoff schwieg. Er hielt sich an seiner Bibel fest, und wer einen Blick hatte, das Schweigen dieses Mannes zu sehen und zu deuten, der erschrak, denn offenbar fand Koldehoff, was er zu sagen hatte, so wenig von Belang, oder er hatte den Glauben verloren, daß es notwendig war, überhaupt noch etwas zu sagen. Und dann, als seine Frau schon wieder mutlos in sich zusammengesunken war und mechanisch die Nadeln sortierte und das lose Garn aufwickelte, darauf gefaßt, daß nun dieses trostlose, unüberbrückbare Nebeneinander seinen Fortgang nehmen würde, sagte er leise zu sich selbst, mit unterdrückter Stimme, der sie Mühe hatte zu folgen:

«Es ist nichts. Es ist immer dasselbe. Ich mache mir

eben Gedanken. Elfriede, wir haben einige Jahre glücklich miteinander gelebt, und wir glaubten, es würde für den Rest unseres Lebens reichen, und nun sehen wir, es reicht nicht. Und nun weiß ich wieder, was ich vor unserer Ehe wußte: Daß wir einander, sosehr wir es möchten, doch nicht helfen können. Jeder von uns ist allein, und jeder von uns, so nützlich oder unnütz er sich täglich abzulenken weiß, kann letzten Endes doch nichts anderes tun, als abzuwarten bis ... Glaube mir, Elfriede, ich bemühe mich. Ich steige jeden Sonntag auf die Kanzel und tröste die Leute. Ich sage ihnen, sie sollen Geduld haben, in einigen Jahren sei alles anders. Aber was ist dann anders? Dann sind sie gestorben. Ich tröste die Leute mit ihrem Tod. Ich bemühe mich, Elfriede, aber ich kann auf die Dauer nicht zynisch sein.»
«Und das sind deine Gedanken?» fragte sie.
«Ja», antwortete er.
«Dann sage ich dir, was ich dir immer gesagt habe: Koldehoff, solche Gedanken kann niemand beantworten. Und niemand kann dir helfen, wenn du dir solche Gedanken machst!»
«Ich weiß.»
«Ich hatte gehofft, du würdest dich um das Leben deiner Gemeinde kümmern.»
«Das will ich auch tun.»
«Aber deine Predigten werden von Jahr zu Jahr düsterer. Du verwirrst die Gemeinde. Ist dir das schon aufgefallen?»
«Ja.»
«Und wenn du die Bibel so ungern in die Hand nimmst, geben dir die anderen Bücher wenigstens Trost?»
«Nein.»

«Ja, warum liest du sie dann?»

«Mach dir keine Sorgen», sagte er. «Es ist gut, daß ich sie lese. Sie bringen mich immer wieder auf die Bibel zurück. Denn diese Schrift ist und bleibt unser wichtigstes Buch. Vielleicht ist sie sogar Gottes Wort. Auf jeden Fall wurde sie geschrieben, um uns zu trösten.»

Und er las weiter, immer aufrecht sitzend, den Kopf etwas nach hinten gebeugt, in unveränderter Lage, und wenn er eine Seite umblätterte, tat er dies mit ernster, feierlicher Nachdenklichkeit, so daß sie annehmen durfte, er würde sich von dem, was er las, wenn schon nicht von ganzem Herzen, so doch wenigstens mit der Einsichtigkeit seines Verstandes leiten lassen, und das stimmte sie ruhiger.

«Ich freue mich, daß du das sagst», sagte sie nach einer Weile. «Ich wußte, als ich dich das erste Mal sah, es würde schwer mit dir sein, und mein Vater sagte: ‹Laß die Finger von dem, das ist ein Grübler. Du wirst ihm ein, zwei Kinder gebären, dann ist alles vorbei. Dann verkriecht er sich in irgendein Zimmer und stellt sich alle möglichen und unmöglichen Fragen.› Du hast recht, wir hatten ein paar glückliche Jahre miteinander, und mehr will ich vom Leben nicht verlangen. Aber es ist bitter zuzusehen, wie der Mann, den man liebt und dem man gerne helfen möchte, sich aus der gleichen Not, die wir alle kennen und die wir alle auf uns nehmen müssen, immer weiter und weiter entfernt. Du sagst, es gibt nichts, was dich trösten kann, und mich trösten Gerd und Annemarie. Solange ich meine beiden Kinder habe, kann ich einen Mann, der mich seit Jahren vernachlässigt, mit Gelassenheit ertragen. Und was den Trost angeht, den du forderst, so werde ich

nicht müde werden, einem Pfarrer vorzuhalten, daß nicht das Wissen den Menschen in Ruhe leben und sterben läßt, sondern der Glaube.»
«Wenn du wüßtest, wie recht ich dir gebe», antwortete er. «Und nun denke nicht, ich würde, weil ich hin und wieder durch ein Teleskop sehe und wissenschaftliche Bücher lese, besonders stolz auf meinen Verstand sein. Ich bedaure, daß ich Anlagen zum Verstand habe, denn der Verstand ist es, der uns zuletzt mit aller Sicherheit unglücklich macht. Denn was hilft es», fügte er hinzu, «wenn wir wissen, wir sind geboren, um unseren eigenen Verfall im Spiegel mit anzusehen. Wenn wir wissen, wie sinnlos unsere Geburt ist und doch nicht wissen, womit wir so viel Sinnlosigkeit verdient haben. Wenn wir wissen, daß wir in unserer Not einander brauchen und doch lieber aufeinander einschlagen, weil uns die Erfahrung der inneren Einsamkeit so viel unerklärliche Angst macht.»
«Hast du so viel Angst vor dem Sterben?» fragte sie. «Sag es mir, du mußt dich nicht genieren. Wir sind noch nicht alt, aber ich weiß, daß du dir morgens oft vor dem Spiegel deinen Puls fühlst.»
«Ich habe keine Angst vor dem Sterben», antwortete er, «aber ich will dir sagen, welches zur Zeit meine glücklichsten Stunden sind. Ich sitze, wenn die Umstände es erlauben, allein in der Sakristei zwischen weißgekalkten Wänden und beobachte auf dem Kruzifix meines Heilands die Schatten der hereinbrechenden Dunkelheit, und ich denke dabei an ... nichts. Bis die Dunkelheit meinen Blick trübt und ich nicht weiß, ob ich schlafe oder wach bin. Und so kann ich stundenlang sitzen. Ich werde ruhig, ich überlasse mich ganz und gar

dem angenehmen, entlastenden Gefühl der Selbstvergessenheit. Ich wehre mich nicht mehr gegen mein Eingeständnis: Ich kenne keinen Grund, für den es sich lohnen würde, die Sakristei noch einmal zu verlassen.»
‹Er predigt!› dachte sie. ‹Ja, genau in demselben kalten, sachlichen, unnahbaren Ton predigt er herzzerreißende Worte von seiner Kanzel herab, und wie verwirrt er die Leute mit eben diesem Blick! Er sieht mich an, aber ich habe das Gefühl, er sieht mich nicht, so wie er offenbar weiß, was er sagt, aber er scheint es nicht zu fühlen!›
Für Elfriede Koldehoff war nach diesem Geständnis ihres Mannes, das er auf so merkwürdig ruhige, unbeteiligte Weise, sein Vertieftsein in die Bibel kaum unterbrechend, so als würde er alles aus den Psalmen ablesen, vorgetragen hatte, für Elfriede Koldehoff war klar, daß ihr Mann dabei war, einen Kampf gegen die Konsequenzen seiner existentiellen Grübelei zu verlieren. Nicht daß sie Anlagen zum Verstand ablehnte, aber sie hatte die Fähigkeit, den Dingen des Lebens auf den Grund zu sehen, immer mit der Handhabung von Streichhölzern verglichen, deren man sich auch nur bedienen durfte, wenn man wußte, wozu und wieweit ihre elementare, gefährliche Kraft dienlich war.
Sie erhob sich und sagte, indem sie gegen ihn wie gegen ein uneinsichtiges Kind den Kopf schüttelte:
«Es ist immer dasselbe. Wie oft habe ich dir gesagt: Du mußt deinen Verstand demütigen, Koldehoff. Statt dessen läßt du dich von ihm unterjochen und schämst dich, und zuletzt willst du dich ganz und gar aus der Welt verkriechen. Aber es hilft nichts. Du bist Seelsorger. Selbst wenn du wüßtest, daß Gott nicht existiert, müßtest du

wieder an ihn glauben. Denn ohne Glauben an Gott wären wir allerdings nur damit beschäftigt, die Sinnlosigkeit der eigenen Existenz zu überdecken, aber dann säßest du in deiner Sakristei auch nicht viel besser als in der Hölle.»

«Wenn du wüßtest, wie recht ich dir gebe», sagte er und erhob sich ebenfalls. Und nun standen sie sich gegenüber, sie mit dem vorwurfsvollen, bedauernden Blick einer Mutter, das Gesicht voll von roten Flekken, da sie ihre aufwallende, immer wieder unterdrückte Erregung nicht mehr halten konnte, er lächelnd, die offene Bibel in der Hand, in zerstreuter, verschämter Unentschiedenheit, ob er das Zimmer nun verlassen oder ihren Blick aushalten sollte.

Sie ging langsam auf ihn zu, und je näher sie ihm kam, desto gleichgültiger wurden ihr ihre Worte. Sie hörte sich selbst nicht mehr, als sie mit hämmerndem Herzen, die Kehle wie zugeschnürt und doch mit heftiger, sich überstürzender, aufschluchzender Stimme hinzufügte:

«Und, nicht wahr, niemand könnte leugnen, daß auch Eberhard Verstand hat! Und niemand könnte leugnen, daß auch ihn so viel Verstand, da er ihn nicht demütigen konnte, unglücklich gemacht hat! Und ihr wißt, daß der Verstand ohne Gott ein gefährliches Spielzeug ist! Aber ihr könnt von diesem Spielzeug nicht lassen, und zuletzt verzichtet ihr lieber auf Gott, und zuletzt kommt es, wie es kommen muß: Der eine möchte sich selber verbrennen, der andere verbrennt statt dessen ... Frauen und Kinder!»

Aber die Hälfte dieser Worte ging schon unter in ihrem Versuch einer stürmischen, überfallartigen Umarmung und in ihrem Bemühen, ihn nicht zu verletzen (denn sie hatte noch das Nadelkissen in der Hand), und er erwehrte sich ihrem Verlangen, sein Gesicht (seit wie langen Jahren!) wieder mit Küssen zu bedekken, indem er seinen Kopf weit in den Nacken beugte und versuchte, von der umklammernden Wucht ihrer Ellbogen loszukommen, wobei die Bibel zu Boden fiel, mitsamt den losen Papieren, die er als Lesezeichen benutzte.

«Es ist gut, Elfriede», sagte er immerfort, «es ist gut», gegen ihren Redeschwall ankämpfend, «es ist gut. Ich gebe dir recht, aber wir wollen jetzt nicht weiter darüber reden!» Und sie wollte ihm, als er die Berührung ihrer Lippen erfolgreich abgewehrt hatte, wenigstens sagen, wie sehr sie ihm helfen wollte und wie sehr sie, falls ihr dies nicht gelang, wenigstens an seiner unglücklichen Veranlagung teilnehmen wollte. Aber er wollte auch davon, jedenfalls in dieser für ihn beschämenden Weise nichts wissen, und so rangen sie, Gesicht an Gesicht, ununterbrochen Lippen und Argumente in Bewegung setzend, eine Weile gegeneinander, dann versuchte er sich zu bücken, um Bibel und Papiere wieder aufzuheben, und sie ließ ihn frei.

Ernüchtert durch seine Gegenwehr, so etwas wie demütigende Scham darüber fühlend, daß sie sich so weit hatte gehenlassen und daß er sie in ihrer verzweifelten Entblößtheit derart abgewiesen hatte, ordnete sie ihr Haar, ihre Bluse, ihren Rock und verließ, nachdem sie alle äußeren Spuren ihrer so spontanen, sekundenlang so ehrlich geäußerten Leidenschaft wieder beseitigt hatte, das Zimmer. Er aber hockte noch lange am Boden, bemüht, Bibel und lose Blätter ineinander zu ordnen, er hatte noch lange Mühe, das Zittern seiner Hände zurückzuhalten, und sein Haar, das er zu ordnen vergaß, befand sich, infolge des erlittenen Überfalls, noch lange im Zustand des Aufruhrs.

5

Am Tag nach der Begegnung am Portal der Kirche näherte sich Sempert lustlos dem Pfarrhaus, einen ärmlichen Strauß frisch gepflückter Astern in den Händen. Er hatte die Aufforderung des Pfarrers, ihn und seine Tochter zu besuchen, angenommen, man hatte einander aber keinen Termin genannt, so daß er nun fürchten mußte, unpassend zu erscheinen, was seine Unlust steigerte, denn im übrigen wußte er nicht, was er von dieser Einladung heute noch zu halten hatte. Schon nachdem er mit Koffer und Fahrrad bei Frau Karsten unvermittelt wieder erschienen war und sie, ohne genaue Gründe angeben zu können (oder es zu wollen), gebeten hatte, ihm das Mansardenzimmer noch für einige Tage zu überlassen, waren ihm Zweifel gekommen, ob es nötig gewesen war, einer wehmütigen Stimmung derart nachzugeben, zumal er seine Schwierigkeiten kannte, wenn es galt, von irgendwo, wo er sich wohl gefühlt und wo er jede Besonderheit in sich aufgenommen hatte, Abschied nehmen zu müssen.

Aber nun schien ihm der Abschied doch irgendwie getan, und er war nicht abgereist, und nun machte sich

seine penible Angewohnheit, Pläne, die er einmal gefaßt hatte, einzuhalten, wieder geltend, und auch das Mädchen, das er eben noch mit Blicken und verwirrter Neugierde verschlungen hatte, schien ihm plötzlich nicht mehr der Rede wert. Er rührte den verschnürten Koffer nicht an, er saß auf der Bettkante und dachte darüber nach, wie er seine eingegangene Verpflichtung rückgängig machen oder ihre Einhaltung zumindest beschleunigen konnte. Ganz ausgeschlossen schien ihm, auf das Zufällige, Vage, Unverbindliche der Begegnung hin einfach doch noch abzureisen, aber vielleicht könnte man Henriette, die Tochter der Frau Karsten, mit einer geschriebenen Entschuldigung und einem Strauß Astern ins Pfarrhaus schicken, um die Sache wenigstens mit einem Schein gewahrten Anstands hinter sich zu bringen.
«Kennst du den Pfarrer?» fragte er Henriette, und das achtjährige Mädchen mit dem flachsblonden Haar und den schwarzen Augen, das längst, Semperts unvermittelte Rückkehr als Sensation empfindend, im Zimmer umherschlenderte und darauf wartete, was das alles für Konsequenzen haben könnte, antwortete:
«Aber ja doch.»
«Würdest du zu ihm gehen und ein paar Astern aus dem Garten deiner Mutter mitnehmen?»
«Wozu?»
Ja, wozu. Sempert winkte ab und war entschlossen, heute abend noch oder spätestens morgen früh die Sache selbst zu erledigen. Er ließ Koffer und Fahrrad in Bereitschaft stehen und vertrieb sich die Zeit, darauf hoffend, daß sich seine Stimmung bessern würde, aber seine Stimmung besserte sich nicht.

So erbat er sich am nächsten Morgen von Frau Karsten einige Blumen, blieb aber die Erklärung für diese Bitte schuldig, wies Henriette ab, die ihn unbedingt begleiten wollte, und sah mit Mißvergnügen: Der Himmel hatte sich bedeckt, schwarzgraue Wolken zogen auf, er mußte also darauf gefaßt sein, im Regen nach Dersenow zu radeln, falls ihn die Übergabe der Blumen (auf diese Absicht hatte er seine Verabredung reduziert), länger als nötig aufhalten würde. Er öffnete die Gartentür, und sowie er dies verrostete, in seinen Angeln quietschende Etwas hinter sich gelassen hatte, befand er sich zwischen den Gräbern des alten Friedhofs, dessen trennende Mauer zum Garten hin irgendwann abgetragen worden war, so daß der schmale, mit Kieselsteinen bestreute Weg, der zum Pfarrhaus führte, von grasüberwucherten Erdhügeln und Gedenkzeichen umsäumt wurde. ‹Schon werde ich empfangen›, dachte er, gleichzeitig aber spürend, daß er eine Welt betrat, der er sich mit keiner noch so witzigen Bemerkung entziehen konnte.
Er ging nun schon nicht mehr in dem Gefühl, Herr seiner eiligen Absicht zu sein, den Kiesweg entlang. Am Eingang zum Pfarrhaus fand er keinen Druckknopf für eine elektrische Klingel vor, so daß er gezwungen war, mit der Hand gegen die Tür zu klopfen, eine Initiative, zu der er sich überwinden mußte, weil sie ihm zu vertraut erschien. Längere Zeit rührte sich, obwohl er mehrmals kräftig klopfte, niemand. Er sah auf seine Uhr: Es war früh, ein Viertel nach neun, er hatte es nicht geschafft, seinen Besuch auf eine angemessenere Zeit zu verschieben. Er überlegte, ob er umkehren sollte, aber nun erschien jemand an der Tür, öffnete sie mit einem Ruck, sagte:

«Ja, bitte.» Es war Gerd.
Es folgte, unter den frechen Blicken des Jungen, eine längere, umständliche Erklärung, die unbeantwortet blieb, statt dessen drehte Gerd Sempert den Rücken zu, ging durch die Diele, öffnete die Tür zur Stube und rief: «Mutter, hier ist jemand, der will offenbar zu Vater oder Annemarie!»
«Dann soll er reinkommen!» antwortete eine barsche, männliche Stimme, und Gerd ließ es dabei bewenden. Er entfernte sich, in der Annahme, der Fremde mit dem Asternstrauß müßte diese Aufforderung gehört haben, und Sempert, durch die barsche Stimme und die offenen Türen unmißverständlich genötigt, seinem Wunsch, den er vorgetragen hatte, nun auch zu folgen, trat ein, am Eingang zur Stube nochmals höflich gegen den Türrahmen klopfend, doch dies geschah bereits unter der Aufmerksamkeit der ihn Erwartenden.
Am Tischende sah Sempert eine nicht mehr junge, abgehärmt wirkende Frau, die sich langsam gegen ihn erhob. Am Ofen saß ein alter Mann, dessen athletische, etwas steif nach vorn gebeugte Gestalt ihm irgendwie bekannt vorkam.
«Guten Morgen, Frau Koldehoff», sagte er, in seiner Verwirrung Sicherheit wenigstens in der Annahme suchend, er hätte die Frau des Pfarrers vor sich. «Ich hoffe, ich störe nicht. Ich bringe Ihrer Tochter Blumen. Wir waren verabredet, hatten aber leider vergessen, eine genaue Zeit zu vereinbaren.»
«Das macht nichts», antwortete die Pfarrersfrau. «Annemarie wird wohl gleich . . . Annemarie!» rief sie gegen die geschlossene Tür zur Bibliothek. «Ein junger Mann ist hier, er bringt dir Blumen!»

Und da sich hinter der Tür niemand zu rühren schien, fügte sie hinzu: «Sie ist nebenan. Sie hat Sie sicher kommen hören.»
«Ganz recht», sagte Sempert.
«Tja, also ...» sagte die Pfarrersfrau, verlegen die Hände gegeneinander reibend. «Es tut mir leid, Sie müssen sich für einige Augenblicke setzen.»
«Aber gern», antwortete Sempert. «Ich nehme Ihr Angebot an. Ich werde mich für einige Augenblicke setzen.»
Und er setzte sich, vor allem, um der Verlegenheit dieser Frau ein Ende zu bereiten und mit dem Vorsatz, sich nach einigen Minuten, wenn das Erstaunen über sein plötzliches Erscheinen nachgelassen hatte, wieder zu erheben, und dann würde es ohne Umstände und sogar mit dem Anschein einer leichten Verstimmung möglich sein, sich, unter Zurücklassung der Blumen, endgültig zu verabschieden.
Auch die Pfarrersfrau setzte sich, erleichtert über Semperts spontane Entgegnung, an den Tisch zurück und begann an einem Stück Stoff zu nähen, dessen Verwendungszweck Sempert nicht identifizieren konnte. Aber er sah ihr bei ihrer Tätigkeit zu, und sie spürte seine Blicke und war bemüht, sie nicht zu erwidern. Ja, sie errötete, je länger dieser Zustand andauerte, immer mehr, wobei die Haut auf ihrem Gesicht Flecken bekam, und ihr hellblondes Haar, so schien es Sempert jedenfalls, begann zu schimmern. Er sah, daß sie unter dem Haarknoten einen schlanken Nacken versteckte, und er gewann, je länger er sie betrachtete, den Eindruck eines immer noch schönen, aber ältlichen Mädchens, das aus Schüchternheit, aus Gehemmtheit und

unter dem Zwang, ewig zu nähen, die besten Belange ihres Lebens versäumt hatte.
Daß Elfriede Koldehoff es so wollte und daß sie in ihrem Innersten von tiefer Demut gegen ihr Schicksal erfüllt war, ahnte Sempert nicht. Dies waren Zustände, von denen er nichts wußte, was er aber wußte, war: Diese alternde Frau zog ihn wie ihre Tochter Annemarie auf eine Weise, die ihn verunsicherte, unwiderstehlich an.
Anders der Mann im Ohrensessel am Ofen, durch ihn fühlte sich Sempert beargwöhnt. Er hatte einen Bogen Zeitungspapier auf seinen Knien, in dem er las, wobei er die Zeitung gleichzeitig am unteren Ende kniffte und den so separierten Streifen abtrennte, den er nun wieder entgegen seiner Länge hin mehrmals teilte, bis er kleine Stücke im Format eines Zigarettenpapiers erhielt, die er bündelte und in seine Jackentasche steckte. Unter dieser Tätigkeit, die er in betonter, fast provokatorisch wirkender Langsamkeit ausführte, warf er Sempert ständig kurze, hellwache, ganz und gar mißtrauische Seitenblicke zu, die Sempert mit einem höflichen Lächeln zu quittieren versuchte, und wieder wurde Sempert das Gefühl nicht los, daß er diesen Mann, der in solch herausfordernder Weise, mit zugeknöpfter Jacke, am Ofen saß, irgendwo (und dies konnte nicht lange her sein) gesehen hatte. Den Strauß Astern in seinen Händen hin und her drehend, fiel ihm ein, welche Mutmaßungen seine Anwesenheit in den Köpfen seiner Gastgeber erzeugt haben könnte. Zumindest die Pfarrersfrau mußte ihn, da ihr der Anlaß seines Besuches nicht mitgeteilt worden war, für einen Verehrer ihrer Tochter Annemarie halten, dessen Existenz ihr bisher (ja, daran hatte er nicht

gedacht) vorenthalten worden war. Und so sagte er, in der Hoffnung, wenigstens ihre Verlegenheit, an der er sich nun mitschuldig fühlte, abzukürzen:
«Verzeihung, ich glaube, ich habe mich nicht vorgestellt. Mein Name ist Sempert, ich bin auf der Rückreise nach Magdeburg. Ich habe hier als Untermieter von Frau Karsten mehrere Monate studiert und traf Ihren Mann und Ihre Tochter zufällig vor dem Eingang der Kirche.»
Niemand antwortete. Der Eindruck gegenseitiger Verlegenheit verstärkte sich, ja, die Pfarrersfrau beugte ihr Gesicht, so schien es Sempert, noch tiefer in Richtung auf ihre Hände, und als das Schweigen peinlich und für Sempert unannehmbar zu werden drohte, fragte der Mann am Ofen mit leiser, unterdrückter Stimme, ohne Sempert anzusehen:
«Wie alt sind Sie, junger Mann?»
«Ich werde einundvierzig», antwortete Sempert.
«Sie sind einundvierzig und machen sich Hoffnung auf Annemarie?»
«Solche Fragen beantwortet Annemarie allein», sagte die Pfarrersfrau rasch, in der Absicht, den Bruder an weiteren Fragen zu hindern, aber dessen Sarkasmus war nun nicht mehr zu unterdrücken.
«Was betreiben Sie für Studien?» fragte Eberhard.
«Dies und das», antwortete Sempert. «Etwas Philosophie. Vor allem aber Vorschläge, wie man auf dieser Welt existieren kann.»
«Existieren, man, auf dieser Erde. Wie hochtrabend das klingt. Ihr jungen Leute langweilt euch, weil ihr immer nur existieren wollt. Ich habe mir nie viel aus meiner Existenz gemacht.»

«Dann sind Sie zu beneiden», sagte Sempert.
«Existieren kann jeder, man muß nur etwas daraus machen.»
«Da gebe ich Ihnen recht.»
«Sie leben nicht von Ihrer Hände Arbeit, das sehe ich Ihnen an.»
«Nein, ich lebe nicht von meiner Hände Arbeit.»
«Aber Sie leben auch nicht von Ihren Studien.»
«Nein.»
«Sie führen also, wenn ich Sie richtig einschätze, das Leben eines Philosophen. Fern der Heimat, nichts im Bauch, und die Seele ist eine einzige klaffende Wunde. Dann will ich Ihnen einen Rat geben: Laufen Sie dem Mädchen nicht hinterher. Sie ist zu jung. Sie verträgt es nicht. Und Sie ersparen sich weitere Enttäuschungen.»
Sempert spürte, wie ihm das Blut ins Gesicht schoß. Er wollte sich, empört über einen derartigen Versuch, ihn Lügen zu strafen, erheben und die Umstände seiner Anwesenheit nochmals und unmißverständlich klarstellen, aber nun ereignete sich etwas, das ihm die Sprache verschlug: Die Tür hinter seinem Rücken öffnete sich, herein stürmte die kleine Henriette, die ihm offenbar aus Neugierde, so war Semperts erster Gedanke, gefolgt war. Aber er sollte erleben, daß Henriette, um das Pfarrhaus zu besuchen, ganz besondere Gründe geltend machen konnte. Sie rief «guten Tag» in einem Ton, der nur als Ausdruck vollkommener Vertrautheit gedeutet werden konnte, lief zum Ofen, setzte sich, ohne eine Antwort oder eine Aufforderung abzuwarten, auf Eberhards Knie, schlang ihre Arme um seinen Hals und verwickelte den alten Mann, un-

ablässig mit den Beinen zappelnd, in ein hastiges Frage-und-Antwort-Spiel, wobei sie einen besonderen Punkt unter seiner Jacke im Auge hatte:
«Onkel Eberhard, warum hast du deine Jacke an?» rief sie.
«Weil mir kalt ist», antwortete Eberhard.
«Aber wo ist deine Mütze?»
«Am Kopf friere ich nicht.»
«Aber du mußt sie aufsetzen. Onkel Eberhard, zeig mir bitte deine Mütze!» rief Henriette und griff, bevor Eberhard sie daran hindern konnte, tief in das Jackeninnere, dorthin, wo sich das Futter gelöst hatte, und zog, gleichzeitig von Eberhards Knien springend, eine schwarze Mütze heraus, die sie aber, kaum daß sie sie sicher in den Händen hatte, wieder fallen lassen mußte, weil die beiden Erwachsenen, Eberhard in dem verzweifelten Versuch, die Mütze doch noch zu fassen und versteckzuhalten, die Pfarrersfrau mit dem Ausdruck äußersten Erschreckens, gegen sie aufschrien. «Laß das!» schrie Eberhard, und «Faß die Mütze nicht an!» schrie die Pfarrersfrau. Henriette zuckte zusammen und sah auf die Mütze zu ihren Füßen, schuldbewußt, aber ahnungslos darüber, was die Erwachsenen derart erregt haben könnte.
Einen Augenblick lang rührte sich niemand. Dann erhob sich Eberhard und bückte sich, den rechten Arm weit ausgestreckt, nach der Mütze und hob sie auf, wie jemand, der nach langem Leugnen nun doch überführt und gezwungen war, das sichere, handgreifliche Zeichen seiner Schande wieder an sich zu nehmen, und Henriette trat vor diesem Mann, der ihr verwandelt und fremd schien, einen Schritt zurück und sah zu, wie er

das schwarze Etwas, das ihre stürmische Neugierde so plötzlich und ahnungslos ans Licht gezogen hatte, mit zitternden Händen zusammenlegte.
«Sie ist zerknittert», sagte sie vorsichtig, wie um die Erregung der Erwachsenen nicht wieder zu wecken.
«Ja», antwortete Eberhard fast ohne Stimme, «ich darf sie nur noch in der Tasche tragen.»
«Du darfst sie nicht aufsetzen?» fragte Henriette.
«Nein, es ist verboten.»
«Und wann war es erlaubt?»
«Als ich bei den Panzern war», sagte Eberhard und vergrub die Mütze wieder in seiner Jacke. Dann setzte er sich, seinen Rücken noch mehr versteifend, noch mehr um eine aufrechte Haltung bemüht, in seinen Sessel zurück, und Henriette, die wohl spürte, daß die eben überstandene Aufregung und die atemlose Spannung zu Lasten dieses alten Mannes gingen, schlenderte langsam auf ihn zu, stieß ihn mit ihrem rechten Knie an und sagte fast zärtlich, wie um ihn zu trösten und an ein gemeinsames Geheimnis zu erinnern:
«Deine Mütze hat einen Totenkopf.»
«Ich würde sagen, Henriette», griff die Pfarrersfrau energisch ein, «du verläßt uns jetzt, da du versprochen hast, zu Hause zu sein!»
«Willst du einen Bonbon?» widersprach der Bruder ebenso energisch und hielt Henriette fest, so daß seine Schwester, die aufgesprungen war, um das Mädchen aus dem Zimmer zu ziehen, ihre Absicht nicht ausführen konnte.
«Es ist ein Eukalyptus», sagte er, einen klebrigen Würfel aus seiner rechten Jackentasche hervorkramend, «er

schützt den Hals gegen das schlechte Wetter. Und du sagst auch niemandem, was du in meiner Jacke gesehen hast?»
«Nein», antwortete Henriette. «Es fragt mich auch niemand danach.»
Aber nun hatte Elfriede Koldehoff sie schon aus dem Zimmer gezogen und mit einem unverbindlichen Versprechen verpflichtet, das Pfarrhaus zu verlassen, und als die Pfarrersfrau zurückkam und die Tür hinter sich schloß und sich mit der rechten Hand über das Haar strich, hatte sie Mühe, das Zittern ihrer Knie zu unterdrücken, und ihr kurzes, ungeschicktes Räuspern und der hastige Blick auf Sempert sollten ihren Bruder daran erinnern, daß der Vorfall mit der Verabschiedung Henriettes keineswegs ausgestanden war.
«Sie waren bei der Waffen-SS?» fragte Sempert.
Und der Bruder, und dies sollte für Elfriede Koldehoff ein ewiges, nie zu enträtselndes Geheimnis bleiben, antwortete, statt zu schweigen oder den Raum zu verlassen oder wenigstens nach einer und sei es noch so vagen Erklärung zu suchen, um das Vorhandensein und sein Festhalten an diesem makabren Fetisch zu bagatellisieren (denn er wußte ja, daß seine Unverbesserlichkeit, falls er entdeckt wurde, in einem Lande, das für seine Vergehen keine Gnade vorgesehen hatte, zu tödlichen Konsequenzen führen mußte), dieser Mann sagte ruhig und gelassen:
«Ich bin immer noch bei der Waffen-SS. Und wenn es jemanden stört, dann bitte ich um Entschuldigung. Unser Leben vergeht wie der Rauch, und also wählten wir uns als Zeichen nicht das Kreuz des Erlösers, sondern den Totenkopf. Vielleicht waren wir die letzten Men-

schen dieses Zeitalters, die die Kraft hatten, ihr Leben als Almosen einer höheren Macht zurückzuweisen. Ich bin nicht gefallen wie die meisten meiner Kameraden. Aber jedem von uns war das Leben unerträglich, wenn er es nicht nach eigenem Gutdünken aufs Spiel setzen konnte. Nur der Stumpfsinnige empfindet wie das Vieh die Langeweile der gewöhnlichen Existenz nicht, und insofern haben wir mit unserem Krieg zum allgemeinen Glück beigetragen.»

«Warum erzählst du uns diesen Unsinn?» sagte die Schwester, indem sie sich setzte und wieder zu nähen begann. «Willst du unseren Gast provozieren?» Und Sempert wunderte sich, daß ihm das Gefühl von aggressiver Kompetenz, das er an jenem Nachmittag, als er in Wind und Regen im Geviert stand, um eben diesen Mann (ja, das erkannte er jetzt) seiner herausfordernden Haltung wegen zur Rede zu stellen, daß dies Gefühl, damals grundlos und lächerlich unangemessen, ihm jetzt, da er Gründe genug zu mißbilligender Entrüstung hatte, ganz und gar ausbleiben wollte. Er spürte, wie unmöglich, nein, wie billig es war, sich gegen das eben Gehörte und Gesehene im Recht zu fühlen. Er starrte auf das Gesicht am Ofen wie auf eine vernunftlose, den Anstrengungen menschlicher Sittlichkeit unerreichbare Erscheinung, die ihren Gang an sich selbst vollzogen hatte, so ruhig, so ohne innere Erregung, so teilnahmslos sah Eberhard nun aus dem Fenster, als ginge ihn das Vorgefallene, das er allein verursacht und zu verantworten hatte, im Grunde nichts an.

«Die kleine Henriette ist viel zu oft in Ihrem Haus», sagte Sempert. «Ich wäre an Ihrer Stelle vorsichtiger. Wenn Henriette nun ...»

«Das Mädchen sagt nichts, dafür lege ich meine Hand ins Feuer», unterbrach ihn die Pfarrersfrau.
Sempert erhob sich, legte den Strauß Astern auf den Tisch, verließ das Zimmer und schloß, noch einmal das verblühende Gesicht der Frau mit der kraftvollen Physiognomie ihres um fast zwei Jahrzehnte älteren Bruders vergleichend und indem er sagte: «Grüßen Sie bitte Pfarrer Koldehoff», behutsam die Tür hinter sich. Elfriede Koldehoff sah eine Weile gegen die geschlossene Tür, so als würde sie ihn in Gedanken beim Verlassen des Pfarrhauses begleiten, und dann, als die zweite Tür, die auf den Kiesweg hinausführte, ebenso behutsam ins Schloß gefallen war, antwortete sie, wie unter einem Anflug von Selbstvergessenheit: «Ich werde es tun.»
«Wie hat er das gemeint?» fragte der Bruder, dem nun Unbehagen darüber aufkam, daß Sempert so plötzlich und fast geräuschlos verschwunden war und daß die Schwester dieses Verschwinden so gelassen und freundlich und, wie ihm schien, mit einem Ausdruck des Bedauerns begleitete.
«Wie er es gesagt hat», antwortete sie.
«Er wird doch kein Spitzel sein?»
«Das hättest du dir vorher überlegen müssen.»
«Ich mag ihn nicht. Und wovon lebt er? Was will er hier? Du kannst mir nicht einreden, daß ein Irgendjemand aus Magdeburg über Land reist, um einer Pfarrerstochter einen Strauß Astern zu bringen.»
«Ich wünschte, Annemarie würde seine Zuneigung erwidern», sagte Frau Koldehoff. «Du hast nie verstanden, was andere Leute im Innersten bewegen könnte, und was du nicht verstehst, das ist dir allerdings verdächtig.»

Und ehe der Bruder Zeit fand, gegen so viel Leichtsinn und Voreiligkeit in der Beurteilung eines Fremden zu protestieren, hatte sie das Zimmer, um den Astern eine Vase und frisches Wasser zu geben, bereits verlassen.

6 Nach diesem flüchtigen Besuch Semperts machte sich Elfriede Koldehoff vage, uneingestandene Hoffnungen, es könnten sich, da Annemarie volljährig geworden war, Umstände ereignen, die dem Mädchen bessere Eindrücke und Lebensaussichten eröffnen würden. Denn sie beobachtete mit Sorge, wie sehr Annemarie an den Überspanntheiten ihres Vaters Anteil nahm. Die Predigten, die Koldehoff minuziös vorbereitete und deren düstere Lebensfeindlichkeit der Gemeinde eher Angst als Hoffnung zu machen schien und die Elfriede Koldehoff in letzter Zeit immer heftiger beanstandete, durfte allein Annemarie vorher lesen und begutachten, und sie tat dies mit überhitztem, intellektuellem, ganz und gar zustimmendem Eifer. Sie erfand für die meisten Predigten auch sogleich das passende Motto, das sie in kleinen, handbeschriebenen Zetteln in jedes der in Kunstleder gebundenen Gesangbücher legte, die auf einem länglichen Tisch eingangs der Kirche gestapelt lagen und die vor Beginn des Gottesdienstes an die Gemeinde verteilt

wurden. Elfriede Koldehoff, die regelmäßig als letzte, die Portaltür schließend, die Kirche betrat und sich auf die hintere rechte Bank setzte, mußte dann oft, während die Gemeinde schon sang, in dem aufgeschlagenen Gesangbuch ihr unverständliche Stichworte kopfschüttelnd zur Kenntnis nehmen, und ihre Interventionen und der Hinweis, daß die meisten dieser Zettel spätestens bei der Rückgabe der Gesangbücher unbeachtet auf dem Fußboden landeten, wurden von Annemarie sanft, aber unnachsichtig belächelt.
Das Mädchen mißbilligte den intellektuellen Abstand, der zwischen Vater und Mutter herrschte, und daß die Mutter keinerlei Anstrengungen unternahm, diesen Abstand wenigstens zu verringern. Sie hatte sich früh auf die Seite des Vaters begeben, und nur die äußerste Zurückhaltung Koldehoffs in allen Belangen, die die Familie betrafen, hielt Annemarie davon zurück, die Mutter ihrer, wie sie meinte, mangelhaften Intelligenz wegen zu verachten. Denn Annemarie hatte, so war wieder die Meinung der Mutter, ein Übermaß an Intelligenz, und ihre Unerfahrenheit und die bewundernde Anlehnung an den Vater veranlaßten sie, davon war Elfriede Koldehoff überzeugt, alle Tatsachen ihres Lebens, die sie nur allmählich und Schritt für Schritt und ganz unter dem Schutz unbewußten, emotionalen Erlebens aufnehmen und zur traurigen Gewißheit machen durfte, mit den Fähigkeiten ihres scharfsinnigen Verstandes aufzufassen und vorwegzunehmen, so daß sie unter Lebensarmut litt. Und wie oft hatte die Mutter diesem blassen, nervösen Mädchen gewünscht, sie möge diese Einöde und allzu enge Nähe ihres Vaters verlassen, und wie oft hatte sie auch mit Koldehoff darüber

zu sprechen versucht, vorsichtig, indem sie, wie nebenbei, wenn die Sprache auf die allgemeine Befindlichkeit der Kinder kam, hinzufügte: «Und Annemarie, das kann ich dir sagen, langweilt sich in dieser Einöde.» Er aber antwortete jedesmal mit versteinertem Gesicht: «Dann hatte ich recht, als ich dir sagte: Ein Dorfpfarrer sollte Hühner und Gänse, aber er sollte auf keinen Fall Kinder haben.»

Es läßt sich denken, wie überrascht Elfriede Koldehoff war, als sie so unverhofft einen immer noch jungen Mann mit einem Strauß Blumen (in eindeutiger Absicht, wie sie glaubte) an ihrem Tisch sitzen sah. Die merkwürdigen Umstände dieser Aufwartung und die Unruhe, den Zwischenfall mit Henriette und der unglückseligen Mütze des Bruders betreffend (und da man nun nicht wußte, was der Unbekannte daraus machen würde), waren vergessen, als eine Karte aus Magdeburg eintraf mit der Adresse des Absenders und der Versicherung, wie leid es ihm täte, daß er Pfarrer Koldehoff durch seinen eiligen, fluchtartigen Aufbruch nun doch nicht kennengelernt hätte.

Mit dieser Karte in der Hand, die «An Frau Koldehoff, Bernede» usw. adressiert war, ging die Pfarrersfrau zu ihrem Mann, und unter ihrem Drängen beschlossen beide, Sempert zu antworten und ihn für ein paar Tage, am besten über die Weihnachtszeit, nach Bernede einzuladen. Nicht in das enge Pfarrhaus, hier mußte ja der Bruder schon behelfsmäßig in einer zu engen Kammer schlafen, sondern in die Kate der alten Hanna, die genügend Platz hatte, und Annemarie sollte (nicht ohne Hintergedanken der Mutter) ein Zimmer in Ordnung bringen und sich, da sie die Greisin ohnehin täglich auf-

suchte, auch um Semperts Wohlergehen kümmern. Das wurde beschlossen.
Die Mutter sollte die Einladung schreiben, was sie auch tat, aber was niemand wußte: Elfriede Koldehoff geriet dieser Brief zu vertraulich, wohl aus Angst, Sempert würde, wenn er sonst keine Veranlassung hatte, die umständliche Reise nach Bernede scheuen, und so versuchte sie, ihrer Einladung den Schein einer immer wieder erneuerten, aber nun überfälligen Abmachung zu geben. Und dies war der Brief, den Sempert fünf Tage später in seinen Händen hielt:

Sehr geehrter Herr Sempert!
Herzlichen Dank für Ihre Karte. Wie bedauerlich, daß Sie neulich so rasch und ohne Geduld fortgegangen sind. Mein Bruder und ich, wir wußten ja von nichts. Aber Pfarrer Koldehoff und besonders Annemarie würden sich freuen, wenn Sie nun Ihre Zusage, uns zu besuchen, über die Weihnachtstage wahrmachen würden. Es ist ja alles so trist hier, und mein Mann ist ohne Gesprächspartner, und seit sich die schreckliche Sache in Zeitz ereignet hat, macht er sich immer mehr und mehr abwegige Gedanken. Sie könnten hier bei der alten Hanna wohnen, und Annemarie würde es an Fürsorge bestimmt nicht fehlen lassen. Und wenn Sie den Regen und den langen Weg hierher scheuen, Pfarrer Koldehoff holt Sie von Dersenow gern mit dem Wagen ab.

Herzliche Grüße
Ihre
Elfriede Koldehoff, geb. Mahlmann

Sempert las diesen Brief in einer Stimmung, die angetan war, ihm Bernede, das er doch seiner trostlosen, Ängste erzeugenden Anschaulichkeit wegen verlassen hatte, wieder ins beste Licht zu rücken. Zurückgekehrt in seine kleine Wohnung, die er in der Nähe des alten Marktes bewohnte, umgeben von seinen Bücherwänden, ohne Ausblick aus beiden Fenstern nach Süden hin (sie wurden durch die Fassade eines neuen, kachelgeschmückten Hochhauses versperrt, was ihn keineswegs störte, im Gegenteil: Er hatte sich immer wohl gefühlt in der Gewißheit, inmitten einer zweiten, allein von der Vernunft hervorgebrachten Natur eingebettet zu sein), zurückgekehrt also in diese urbane Anhäufung von knapp dreihunderttausend Menschen, die sich von der zurückgebliebenen, primitiven Wald- und Wiesennähe Bernedes grundlegend unterschied, wollte sich ihm das Gefühl, hier in der Stadt zu Hause zu sein, zum erstenmal nicht wieder einstellen.

Es begann damit, daß er seinen Flur in der Nähe des Briefschlitzes mit Exemplaren offiziöser Zeitungen überschwemmt vorfand, deren Zustellung er zu stornieren vergessen hatte, und obwohl er sonst in jeder dieser Zeitungen, wenn er sie täglich zu Gesicht bekam, der neuesten, auch der unerheblichsten Nachrichten wegen mit Interesse blätterte, diesmal empfand er, als er den Hauptteil dieser Masse bedruckten Papiers im Kachelofen verstaut und angezündet hatte, daß vor seinen Augen nicht nur seine Umwelt in Form schon wieder verblaßter, vergessener Mitteilungen, sondern auch seine eigene, eben an ihm vollzogene Zeit als Makulatur verbrannte.

Die Exemplare der letzten Tage ließ er unangetastet,

und hier las er, nachdem er seinen Koffer ausgepackt, den Kachelofen mit Briketts beheizt und eine Kanne mit Tee aufgebrüht hatte, mehrere Kommentare, den Selbstmord des Pfarrers in Zeitz betreffend.
Die Kommentare enthielten nicht, wie er vermutete, eine begründete, aber, wie es der Anlaß forderte, durch Betroffenheit gemilderte Gegnerschaft, sondern höhnische Witze darüber, daß hier überhaupt ein Pfarrer (und derart absurd) Hand an sich gelegt hatte. Man ergötzte sich an dem Hinweis, daß die lebende Benzinfakkel von Zeitz das Vorhandensein völliger Meinungsfreiheit für einen Staat beweise, dem man gern das Gegenteil unterstellen würde, weil er sich (und hier sollte man Gott das erste Mal danken!) dem Leben und ausschließlich dem Leben verpflichtet fühle. Es fehlte auch nicht an Belustigungen derart, daß nun der Unterschied zwischen einem langen und einem kurzen Pfarrer, wenigstens, was die Dauer ihrer Brennbarkeit anginge, sichergestellt sei, und Sempert erschrak.
Ihm kamen Ängste auf, nicht etwa, weil er solch einer Ansammlung gedankenloser Grausamkeit nicht gewachsen war, sondern weil ihm die Lebensfeindlichkeit jener Weltanschauung, die sich auf das Leben und ausschließlich auf das Leben berief, plötzlich bewußtzuwerden drohte.
Tage später ertappte er sich dabei, wie er beim Schreiben, anstatt dem Fluß seiner Gedanken zu folgen, auf seine Hände sah, deren Haut deutliche Spuren beginnender Erschlaffung zeigte, und indem er so das erste Mal an sich selbst unwiderlegbare Zeugnisse seiner Vergänglichkeit entdeckte, fiel ihm auf, daß er in einer Welt von Vorstellungen lebte, in der der freudige, hoff-

nungsvolle Zustand des Werdens, nicht aber der trostlose Zustand des Vergehens vorgesehen war. Ein Spaziergang durch das Zentrum der Stadt, sonst immer Gelegenheit, dem Wachsen einer neuen Zivilisation zuzustimmen, besserte seine Stimmung nicht. Zwar fand er auch diesmal Beweise allerjüngster Bemühungen. Man hatte farbige, noch harmonischer aufeinander abgestimmte Straßenzüge errichtet, mit bequemen Gehsteigen, die von Betonkästchen voller Blumen umsäumt waren, und dazu gab es, bevor sich die Dämmerung bemerkbar machen konnte, ausgiebig Neonlicht aus hohen, gefällig geformten Kandelabern. Auch gab es in der Nähe einer Fassade, die mit einem Goethe-Zitat, nämlich:

«Solch ein Gewimmel möcht ich sehn
Mit freiem Volk auf freiem Grund zu stehn!»

versehen war, ausreichend Gedränge, das geeignet schien, die Anwendung solch hoher, edel gesinnter Worte wenigstens in einer Hinsicht zu rechtfertigen, aber Sempert überkam, angesichts der Dinge und Vorgänge um sich her, denen er sich wie sonst bereitwillig auslieferte, ein Gefühl von Vergeblichkeit, das auch in der Zurückgezogenheit seiner Bücherwände nicht vergehen wollte. Und nun rührte er, unter eben diesem Gefühl leidend, die Exzerpte, die Kommentare, die beachtliche Menge beschriebenen Papiers, die er aus Bernede mitgebracht und hier planvoll miteinander verbinden wollte, längere Zeit nicht mehr an.
In dieser Stimmung erreichte ihn Elfriede Koldehoffs Brief, den er postwendend beantwortete. Die böswilli-

gen, offiziösen Kommentare hatten ihm die Berneder Pfarrei, die einzige, die er aus eigenem Augenschein kennengelernt hatte, vertrauter gemacht, und er hätte sich auch gern mit einem Pfarrer über das für ihn rätselhafte Zeitzer Ereignis unterhalten, aber besonders war es der Ton des Briefes, der ihn wünschen ließ, die Pfarrersfrau wiederzusehen, deren einsames, hoffnungsloses Gesicht er noch in Erinnerung hatte.
So fuhr er also wieder mit der Bahn in Richtung Dersenow, nicht zur Zeit der Weihnachtstage, sondern schon am 15. Dezember. Er wollte nicht warten, denn er hoffte, daß sich seine Stimmung nach diesem Besuch bessern würde. Das Wetter war naß und kalt, die Wolken hingen tief, und er saß während der Fahrt, wenn die Umstände es erlaubten (die Abteile waren bis Stendal und Wittenberge überfüllt), immerfort am Fenster und sah in die Landschaft hinaus. Die neuerliche Erfahrung, sich in Magdeburg, der großen Stadt, heimatlos zu fühlen, irritierte ihn, und er hoffte sehr, ausgerechnet in Bernede, im (wie ihm schien) Zentrum dieser himmelverhangenen Düsternis, seine alte Zuversicht, daß das Leben für ihn, wenn er nur wolle, bestens beschaffen sei, wiederzufinden.
In Dersenow mußte er sich umsehen, ehe er Koldehoff und Annemarie entdeckte, die abseits am äußersten Ende des Platzes neben ihrem kleinen Personenwagen standen. Hoch aufgerichtet, beziehungslos zur Umgebung, als seien sie Fremde in dieser Gegend, sahen sie auf den Eingang des Bahnhofs, und sie machten auch keine Anstalten, Sempert, der zögernd auf sie zuging, einige Schritte entgegenzukommen. Erst als er vor ihnen stand, erkannten sie ihn, der ohne jedes Gepäck

gereist war, und nun erfuhr er: Die beiden standen schon seit einer Stunde so bewegungslos da, sie hatten sich in der Ankunftszeit des Zuges geirrt.
Die Begrüßung war bemüht, aber verlegen, man hatte ja einander fast wieder vergessen. Man gab sich die Hand, darauf vertrauend, daß der Anlaß zu dieser Begegnung (ein Mißverständnis, das die Mutter forciert hatte) mit der Zeit schon an Vertrautheit und Herzlichkeit hinzugewinnen würde, und als die Türen zuklappten und Sempert allein auf der hinteren Bank des engen Wagens saß, glaubte er, wenigstens der Tochter, bei aller Verlegenheit, zu der sie besonderen Grund hatte, so etwas wie Stolz darüber anzumerken, daß hier ein Unbekannter die lange Reise von Magdeburg nicht scheute, um ihrem Vater, dem Dorfpfarrer von Bernede, einen Besuch abzustatten.
Koldehoff entschuldigte sich, daß er neulich, als Sempert die Pfarrei aufgesucht hatte, nicht anwesend war, Annemarie bedankte sich kurz für die Blumen. Und nun bog der Wagen schon auf die geteerte Chaussee in Richtung Gülze ein, und Koldehoff hatte Mühe, in der beginnenden Dämmerung und dem immer dichter werdenden Nebel die richtige Spur zu halten.
«Wie war inzwischen der Gottesdienst?» fragte Sempert nach einer Weile höflich.
«Wie üblich», antwortete Koldehoff.
«Haben Sie eine große Gemeinde?»
«Nicht allzu groß. Dazu ist die Kirche im Winter zu kalt. Morgen werden es mehr sein. Ich habe einen kleinen Ölofen aufgestellt.»
«Halten Sie jeden Sonntag eine neue Predigt?»
«Ich versuche es.»

«Und wochentags?»
«Wochentags bin ich mit mir und meiner Kirche allein.»
«Ich beneide Sie», sagte Sempert. «Sie bekommen es fertig, auf ein paar Quadratmetern Erde glücklich zu werden.»
«Das täuscht», antwortete Koldehoff.
«Ich sah Sie zumindest selten außerhalb Ihrer Pfarrei.»
«Ich gehe ungern aus. Die Felder sind im Winter zu weich. Wie lange werden Sie diesmal in unserer Nähe bleiben?»
«Vielleicht eine Woche», antwortete Sempert.
«Machen Sie wieder philosophische Studien?»
«Ich denke, ich habe zuwenig Talent.»
«Trösten Sie sich», sagte Koldehoff. «Auch ich dilettiere, und ich leide vor allem unter meinem zu klaren Kopf.»
Mehr wurde während dieser Fahrt nicht gesprochen. Die letzten, ungeteerten Kilometer führten über Schlaglöcher, die der Regen ausgewaschen hatte, und als der Wagen vor der Pfarrei hielt und Annemarie ausgestiegen war, um das Tor zu öffnen, das die Zufahrt auf einen niedrigen Schuppen, der als Garage diente, freigab, sagte Koldehoff, indem er auf die erleuchteten Fenster der Pfarrei wies:
«Meine Frau erwartet Sie. Sie scheuert den ganzen Tag über die Böden.»
In der Wohnstube, die Sempert kannte, waren die Stühle auf dem Tisch gestapelt, und Sempert sah zwischen den Stuhlbeinen eine Ansammlung für ihn merkwürdiger Utensilien: dicke Schreibhefte (Diarien ähnlich), Bücher über Astronomie, dazu Bleistifte, Lineale und mehrere, offenbar aus einem Fernrohr ausgebaute Lin-

sen, zur Überprüfung oder zum Putzen fein säuberlich auf einem Staubtuch ausgebreitet.
Auf Koldehoff, der Sempert in die Stube gebeten hatte, blieb der Anblick der Stühle inmitten solch zerbrechlicher Dinge nicht ohne Eindruck. Er begann mit ernstem Gesicht die Stühle vom Tisch zu räumen, auch, um Sempert, der am Vertiko stand, einen Sitzplatz zu schaffen. «Entschuldigung ...» sagte er, aber er kam nicht dazu, seine höfliche Aufforderung zu beenden, denn nun wollte der Schwager das Zimmer betreten, blieb aber, als er Koldehoff bemerkte, an der Türschwelle stehen.
«Störe ich?» fragte er.
«Nein, kommen Sie herein», antwortete Koldehoff. Aber auch er rührte sich nicht, ja er führte nicht einmal seine Bewegung, mit der er den Stuhl, der für Sempert bestimmt war, vom Tisch genommen hatte, zu Ende, so daß er diesen Stuhl jetzt, völlig im Bann dieses Mannes an der Türschwelle, wie sinnlos in seinen Händen hielt.
«Ich werde Sie nicht belästigen», sagte der Schwager und sah zu Boden, und dann fügte er hinzu, indem er Löffel und Schüssel vorzeigte und seine Schuhe mit kurzen, beengten Bewegungen auf einem Scheuerlappen, der vor der Türschwelle lag, zu säubern versuchte: «Ich will nur meine Suppe im Sitzen auslöffeln. In der Küche sind die Stühle gestapelt, es riecht überall nach Bohnerwachs. Es scheint, die Herrin des Hauses ist wieder einmal beim Großreinemachen.» Und er ging, den Kopf erhoben, so ungezwungen wie möglich mit den gesäuberten Schuhen auftretend, zum Sessel und setzte sich, da auch der Sessel durch einen Stuhl verstellt war, auf dessen äußerste Kante und begann zu essen.

Es folgten spannungsgeladene, für Sempert unangenehme Minuten, denn der innere Kampf, dem Koldehoff sich aussetzte, ob er bleiben oder den Raum ohne ein Wort der Erklärung oder Entschuldigung verlassen sollte, war unübersehbar. Er war seinem Schwager mit Blicken bis zu dem Sessel gefolgt und hatte nun Mühe, sich von dem Anblick dieses ihm verhaßten Mannes wieder zu lösen, und Eberhard, der wußte, daß er eine Gewohnheit des Hauses durchbrochen hatte (nämlich: keinen Raum zu betreten, in dem auch Koldehoff sich aufhielt), sah vor sich zu Boden und kaute an den Fleischbrocken seiner Suppe, mit ruhiger, betonter Gleichgültigkeit, als wollte er demonstrieren, daß er allerdings das Recht hatte, überall und in jedermanns Gegenwart anwesend zu sein.
Koldehoff stellte den Stuhl ab und ging, nachdem er die Okulare in das Staubtuch gewickelt und Sempert mit einem Wink aufgefordert hatte, sich zu setzen, zögernd in die Bibliothek, und sein Zögern sollte wohl andeuten, daß er die Absicht hatte zurückzukommen. Ansonsten zeigte sich niemand, weder Annemarie noch Gerd, auch nicht die Mutter, um Sempert, den sie doch so dringend eingeladen hatte, zu begrüßen.
«Ich bin, wie Sie sehen, wieder hier», sagte Sempert, der nicht wußte, wie er sich einem solchen Empfang gegenüber verhalten sollte.
«Das macht nichts, junger Mann, das macht nichts», antwortete Eberhard, ohne aufzusehen. «Wie war das Leben in der großen Stadt?»
«Beengt. Hier auf dem Lande atmet man bessere Luft.»
«Da gebe ich Ihnen recht», sagte Eberhard. Aber er sprach zu laut, seine Stimme klang gereizt, und alles,

was er sprach, war offenbar nicht für Sempert, sondern für Koldehoff bestimmt, der immer noch in der Bibliothek, deren Flügeltür weit offenstand, mit seinen Okularen beschäftigt war. «Da gebe ich Ihnen recht», wiederholte er. «Andererseits: Auch hier wird die Einöde, die den Füchsen und Pfarrern so viel Freude macht, immer enger. In der Nachbarschaft predigt ein Kollege meines Schwagers jeden Sonntag eine Viertelstunde, den Rest der Woche verbringt er als Ornithologe. Seine Kenntnisse über alles, was Flügel hat, sollen beträchtlich sein. Jetzt haben sie ihm ein Zementwerk vor die Tür gesetzt, und jetzt sammelt er die toten Vögel ein und bittet den Bischof um seine alsbaldige Versetzung. Wenn der Wind ungünstig ist, kommt der Staub bis hierher. Er müßte auch auf Ihrer Linse zu sehen sein. Spüren Sie etwas von dem neuen Zementwerk?»

«Nein», antwortete Koldehoff und versuchte nun, an den Tisch zurückgekehrt, zu lächeln. Aber dieses Lächeln war nicht an Eberhard, sondern an Sempert adressiert, als sei er mit diesem vertraut und in stillem Einverständnis darüber, was man von einem Menschen zu halten habe, der solch unernste und sarkastische Bemerkungen von sich gab. Er wartete, bis Sempert sich gesetzt hatte, und nahm ebenfalls Platz, aber so, daß er mit dem Rücken gegen seinen Schwager zu sitzen kam. Aber auch jetzt schien er außerstande, ein Gespräch mit Sempert zu beginnen oder wenigstens über seine Absichten als Gastgeber zu reden. Er blätterte in den Heften, die vor ihm auf dem Tisch lagen, und schwieg, wohl in der Hoffnung, daß Eberhard, derart konfrontiert, schnellstens, sowie er seine Suppe

ausgelöffelt hatte, das Zimmer wieder verlassen würde. Aber er täuschte sich.
Der Schwager, der unter Koldehoffs Verachtung litt und der nur seiner Schwester zuliebe immer wieder die Kraft aufbrachte, die nötig war, dieser Verachtung stillschweigend in der Rolle des ewigen Sünders auszuweichen, erhob sich, griff mit der linken Hand nach dem Stuhl, der ihm den Zugang zum Sessel versperrt hatte, und:
«Wir siezen uns», sagte er zu Sempert, indem er den Stuhl mit einer einzigen schwungvollen Bewegung in die Nähe des Tisches beförderte. «Obwohl wir verwandt sind. Es muß Sie nicht stören. Es ist auch das erste Mal, daß wir uns so gegenübersitzen.»
Damit hatte er wieder Platz genommen, und zwar in unmittelbarer Nähe Koldehoffs, der sich seinen Blicken nun nicht mehr entziehen konnte, und nachdem er die leere Schüssel auf dem Tisch abgestellt und aus der Jakkentasche seinen Beutel mit Tabak hervorgekramt hatte, fragte er (und der Ton ließ keinen Zweifel daran, er war entschlossen, sich die Aufmerksamkeit seines Schwagers zu erzwingen):
«Was suchen Sie mit dem Fernrohr, wenn ich fragen darf? Beweisen Sie Gott etwa aus dem Spiralnebel? Was für Umstände. Ihr Kollege aus der Nachbarschaft sagt den Leuten immer noch: Der liebe Gott wohnt in den Wolken und schiebt jeden Abend den Mond mit einer unsichtbaren Stange hoch. Man kann sich auch so über vieles hinwegtäuschen.»
«Ich kenne keine menschlichere Selbsttäuschung als die Bibel», antwortete Koldehoff. «Sie erhält dem Menschen die Würde, und Sie wissen so gut wie ich, daß der

Mensch ohne Würde keinen einzigen Tag existieren kann.»

«Aber Sie können diese Würde in Ihrem Spiralnebel nicht finden. Dann erlaube ich mir die bescheidene Frage», sagte der Schwager: «Wenn die Natur dieses und jenes, nur nicht die menschliche Würde gelten läßt, warum verlangt man in diesem Haus, daß ich Reue für gewisse Dinge zeige, die im übrigen ganz natürlich sind, und warum dichtet man der Natur einen Gott an, und warum soll ich mich immer nur nach der barmherzigen Decke strecken?»

«Weil die menschliche Würde der Natur überlegen ist», antwortete Koldehoff. «Die Erkenntnis ist die eine Leistung des Menschen, die höhere Leistung ist es, aus der Erkenntnis menschliche Schlüsse zu ziehen. Es bedeutet viel, die Dinge so natürlich zu sehen wie sie sind. Aber es bedeutet mehr, nicht in Natürlichkeit zu verfallen. Ihre Verbrechen, die Sie unter der Mütze mit dem Totenkopf begangen haben, rechne ich durchaus Ihrer Natürlichkeit zu.»

«So einfach ist das also», antwortete Eberhard. «Und damit, glauben Sie, wäre alles hinlänglich geklärt?»

«Dann geben Sie eine bessere Erklärung», sagte Koldehoff.

«Ich bin froh, daß Sie mich darum bitten», sagte der Schwager. «Und ich will Ihnen diese Erklärung gern geben. Ich war, bevor mich das große Abenteuer rief, Angestellter einer Sparkasse in Tangermünde. Ich zählte Zahlen zusammen, Tag für Tag. Zahlen von eins bis tausend, Sie verstehen. Und ich hatte ständig abgestorbene Füße. Ich mußte also meinem Scharführer, der mich im Sommer 1935 das erste Mal ins Gebet genommen hat, recht geben. Er sagte: ‹Hör zu, Junge, du langweilst dich. Ich verstehe. Auch dich hat das Schicksal etwas zu eng bemessen. Aber wir zeigen dir trotzdem, wie sich das Leben lohnt. Reg dich nicht weiter auf. Wasch dir jeden Morgen mit kaltem Wasser deinen Hals, und tu ansonsten immer nur, was du mußt, ohne Rücksicht auf Verluste. Denn du lebst nur einmal, und dafür bist du nicht verantwortlich, und wenn du die Augen geschlossen hast, kräht sowieso kein Hahn mehr nach dir. Das ist die ganze Wahrheit.› Also sind wir», fügte er hinzu, «statt uns zu langweilen, mit unseren Tanks durch die unendliche russische Steppe gerollt, tagelang, wochenlang. Immer vorwärts, vorwärts. Es war wie ein Rausch. Wir hatten noch Hoffnung auf offene Horizonte. Und ist es nicht auch bei Ihnen, hochverehrter Schwager, so, daß Sie mit Ihrem erstaunlich klaren Kopf und Ihrem Sinn für die Würde des Menschen, sozusagen nach bestem Wissen und Gewissen, hinter die Mauern dieser erbärmlichen Pfarrei geflüchtet sind, weil Sie nun endlich wissen, was andere Generationen vor Ihnen gewußt haben: Sie werden älter und können die Zeit, die Sie von dieser Erde wegwischt, nicht aufhalten. Sie hatten Blütenträume, aber sie sind samt und sonders nicht gereift. Sie wollten etwas anderes tun, als was Sie zu tun imstande sind. Also, nach meinem weniger klaren Kopf zu urteilen, sind Sie weder Prediger aus Barmherzigkeit noch Philosoph aus Passion, noch haben Sie das Recht, anderen Vorhaltungen zu machen. Sie sind wie wir alle ganz einfach ein Irgendjemand, der seine Mittelmäßigkeit nicht aushalten kann und dessen Leben schäbiger verlaufen ist, als es hätte verlaufen sollen. Und daß es trotzdem immer noch seinen Gang geht, verdanken Sie dies nun ihrem besten Wissen und Gewissen oder dem albernen Wahn, der Sie mit Kerzen und Gesangbüchern hantieren läßt?»

Diese letzten Worte Eberhards gingen über den Anlaß einer unerfreulichen, aus erlittener Kränkung gereizten Konversation weit hinaus, und auch Sempert spürte, daß der alternde Mann in der abgetragenen Jacke (die, das sah Sempert jetzt, aus gefärbtem Militärdrillich bestand) dem Schwager nicht nur Widerstand bieten, sondern ihn vor allem in seiner Selbstachtung treffen wollte. Zu sehr waren seine letzten Worte mit ausdrücklichem Haß und von Angesicht zu Angesicht adressiert, nachdem Eberhard alles Vorangegangene mit überlegenem Sarkasmus, immer unter der Beschäftigung mit Tabak und Zeitungspapier, nur «so dahingesprochen» hatte.

Koldehoff wurde todernst. Das hagere, feinhäutig wirkende Gesicht wechselte mehrmals die Farbe bis hin zu jener Blässe, die besonders in der Nähe der Mundpartie äußerste Betroffenheit verrriet, und die Augen blickten hilflos ins Leere, so wenig wußte Koldehoff nun zu antworten, denn die Gabe eines derart bedenkenlosen, zynischen Draufgängertums, wie sein Schwager es beherrschte und vorführte, war ihm allerdings nicht gegeben.

«Hören Sie», sagte er mit mühsam zurückgenommener Stimme, «auch wenn Sie weiterhin die gütige Herablassung haben, mit einem Dorfpfarrer unter einem Dach zu leben, ich schlage vor, wir vermeiden jede Begegnung, auch wenn es nur darum geht, Auge in Auge eine Tasse Suppe zu löffeln. Es mag sein, daß Ihnen ein Mann in meinem Alter, der mit Kerzen und verstaubten Bibeln hantiert, albern vorkommen muß. Aber ich tue dies für die Würde des Menschen, und um etwas mehr

Würde zu verbreiten, ist es kein Unglück, daß Gott nicht existiert. Aber wo der Mensch nicht mehr existiert, wird meine Tätigkeit allerdings zur Farce.»

«Sie wissen, daß Sie mich seit Jahren in dieser Weise verletzen?» fragte Eberhard mit kalter, schneidender Stimme.

«Ich weiß, daß Ihnen Verletzbarkeit als unverzeihliche Schwäche galt und daß Sie darin dem Übermut Ihres Scharführers gefolgt sind.»

«Wir leben alle unter den gleichen Bedingungen, und nicht nur Sie müssen mit dem Unglück einer sinnlosen Existenz fertig werden.»

«Nein. Aber die schäbigste Art zu leben ist es, aus Unglück auf den unglücklichen Nachbarn loszugehen.»

«Herr Pfarrer Koldehoff...» versuchte Eberhard noch zu erwidern, aber nun machte Elfriede Koldehoff, die ins Zimmer getreten war, diesem Gespräch ein Ende.

«Eberhard», sagte sie, «du hattest mir versprochen!» Und der Bruder gehorchte. Er steckte Papier und Tabak in die Jackentasche zurück, nahm die Schüssel vom Tisch, erhob sich und verließ, ohne eine Miene zu verziehen (obwohl er Grund hatte, Triumph und Genugtuung über Koldehoffs Betroffenheit zu zeigen), wieder das Zimmer.

«Herr Sempert...» sagte die Pfarrersfrau, deren freigekrempelte, vom kalten Wasser gerötete Arme glänzten. «Herr Sempert ...» sagte sie, indem sie sich mit der rechten Faust eine Haarsträhne aus der verschwitzten Stirn zu drängen versuchte. «Sie sitzen hier? Sie sollten doch zuerst zur Hanna ... Ja, hat Ihnen denn niemand etwas gesagt?»

7 Der nächste Tag war ein Sonntag. Sempert hatte in der Kate der alten Hanna übernachtet, zu der Annemarie ihn zu guter Letzt doch noch geführt hatte, und hier stellte sich heraus, daß seine Ankunft liebevoll vorbereitet war. Er fand einen kleinen Tisch mit Decke und Blumen vor, das Bett war an beiden Enden mit Bast überspannt, an der Wand hingen zwei (offensichtlich neue) Bilder, Reproduktionen «berühmter Meister», die, passepartoutähnlich aufgezogen, in allen größeren Städten in Läden, die mit modernem Kunstgewerbe handelten, angeboten wurden. So waren Wände und Möbel, ansonsten in trostlosem Zustand, wenigstens mit den Ergebnissen bester Absicht und freundlichster Bemühung überdeckt, auch Gardinen hatte man nicht vergessen, aber es war kalt. Es fehlte der Kachelofen, der im Nebenraum stand, in dem Hanna wohnte, genauer: In dem sie gehalten und nun auch willens war, die allerletzte Strecke ihres Lebens hinter sich zu bringen.

Die alte Frau hatte die Tür einen Spalt weit offen gelassen, so daß die klamme Kälte, unter der Sempert litt, gemildert wurde. Trotzdem lag Sempert die Nacht über grübelnd da, erst gegen Morgen, gegen sieben Uhr, glaubte er endlich Schlaf zu finden, aber nun weckte ihn vom Nebenraum her ein Gekrächze. Umständlich und schwerfällig, unter dem Versuch, eine Ansammlung von Schleim aus ihrer Kehle zu räuspern, unter ständigem, halblautem, aufseufzendem Sprechen, erhob sich Hanna von ihrem Bett, sich darüber beschwerend, daß Gott ihr auf ihre letzten Tage so sehr jede Kraft genommen hatte. Semperts Anwesenheit offenbar vergessend, gab sie ihren Stoßseufzern, mit denen sie ihr wachsendes Unvermögen, sich mit Lappen, Seife, kaltem Wasser der morgendlichen Waschung zu unterziehen, begleitete, immer mehr Raum. Aber plötzlich verstummte sie, und Augenblicke später klopfte jemand von außen gegen die Tür.

«Ja?» antwortete Hanna, und ihre kleinlaute, verzagte Stimme hatte gleichzeitig etwas Widersetzliches, als wünschte sie jetzt, obwohl in hoffnungslosem Kampf mit dem Waschlappen und ihren Gebrechen verstrickt, keine Hilfe. Annemarie trat ein, und nun hörte Sempert nur noch ein eiliges Getuschel und das Geräusch von bewegtem Wasser und wie Teller und Tassen hin und her gerückt wurden, und dann schloß jemand, wohl in der Annahme, er würde schlafen, sachte die Tür zu seinem Zimmer.

Die letzte Bewegung tat Sempert wohl, und, indem er auf die durch die Tür gedämpften Geräusche hörte, erinnerte er sich, wie er an jenem Tag im Oktober, an dem er sich entschlossen hatte, Bernede wieder zu verlassen, das Mädchen über die Dorfstraße hatte eilen sehen, und wie gebannt er von ihr war, als sie sich am Portal der Kirche gegenüberstanden.

‹Noch einmal verliebt sein›, dachte der Vierzigjährige und wunderte sich erneut darüber, daß ihm dieser Zustand, zu dem er neigte, und von dem er früher ausgiebigen Gebrauch gemacht hatte, für dieses letzte Mal so rasch verflogen war.

Eine Viertelstunde später verließen Hanna und Annemarie das Haus, und als die Kirchenglocke läutete, sprang Sempert aus dem Bett, wusch sich in aller Eile in der Küche über dem Ausguß (ein anderer Platz war ihm bis jetzt nicht angewiesen worden), und in drei Minu-

ten, indem er noch, besonders im Kopf, ein Unwohlsein bemerkte, dies aber auf die durchwachte Nacht schob, war er gewaschen und angekleidet und ging nun die Straße in Richtung Dorfteich entlang, langsam, fast schlendernd, er wollte die Kirche erst nach Beginn der Predigt betreten. Aber seine Teilnahme am Gottesdienst hatte er selbst am Vorabend ausdrücklich beschlossen. Anschließend wollte Koldehoff ihm die Sehenswürdigkeiten der Kirche zeigen, mittags wollte man sich im Pfarrhaus zum gemeinsamen Essen treffen, und nachmittags (aber dies war eine Absicht der Mutter, von der Sempert nichts wußte) war ein Ausflug nach Gülze geplant, an dem nur die beiden Kinder und Sempert teilnehmen sollten, um in der dortigen Gaststätte (entgegen jeder Gewohnheit, Frau Koldehoff konnte vorzüglich backen) Kuchen zu holen.
Als Sempert die Portaltür öffnete und ins Kircheninnere trat, hatte die Gemeinde ihren Gesang beendet, und Koldehoff stieg auf die Kanzel, auf der er ernst und feierlich die Papiere mit seinen Notizen ordnete. In dem Talar wirkte er noch größer und hagerer, und die Kanzel, aus Feldsteinen gemauert, war eng und niedrig, so daß der Eindruck entstand, Koldehoff würde, wenn er sich zu weit nach vorn beugte oder irgendwie sonst unvorsichtig bewegte, abstürzen. Dies gab seiner Erscheinung etwas Deplaciertes, und der feierliche Ernst, vor eine solch winzige Gemeinde gebracht, wirkte unangemessen.
Aber von der sonderbarsten Ambition, die dem Gottesdienst der Kirche von Bernede zuteil wurde, erfuhr Sempert erst, als Annemarie ihm, kaum daß er sich in die letzte rechte Bank gesetzt hatte, einen Zettel in die

Hand drückte, der, soviel verstand Sempert noch, ehe Annemarie wieder in Richtung Kanzel verschwand, das Motto der heutigen Predigt enthalten sollte. Und was Sempert nun las, war allerdings überraschend und dem Anlaß einer Dorfpredigt ganz und gar unangemessen. Er las drei Worte, in steiler, sorgfältiger, kindlicher Schrift aufgemalt, nämlich:

«BEWUSSTSEIN ALS VERHÄNGNIS.»

Dieses Motto klang wie eine Drohung, und die Predigt, die Sempert zu hören bekam, klang selbst seinen in der Anhörung biblischen Vokabulars ungeübten Ohren kühn. Koldehoff sprach von jenem Sündenfall, mit dem der Mensch sich selbst unrettbar dem Elend einer bewußten Existenz ausgeliefert hatte, indem er nämlich so vermessen war, entgegen der Ermahnung des Herrn, vom Baume der Erkenntnis zu essen. Und dies sei seine lebenslängliche, untilgbare Strafe: Daß der Mensch nun (und er, Koldehoff, wisse, wovon er rede, er leide unter dieser Strafe von Kindheit an), in den Stand der Erkenntnis gesetzt, immer nur und ohne Hoffnung die Sinnlosigkeit seines Lebens erkennen muß. Dies sei die Hölle des Menschen auf Erden. Aber an dieser Hölle sei nicht allein der Mensch schuldig, auch Gott, der Herr, könne nicht frei von Schuld sein, indem er nämlich diesen überflüssigen, betrügerischen Baum der Erkenntnis überhaupt erst hatte wachsen lassen.
Zuletzt schlug Koldehoff vor, dem Herrn seine Schuld durch besonders intensives Gebet zu vergeben und ihn um Verständnis dafür zu bitten, daß der unbedingte Glaube, das verlorene Paradies des Menschen, da Gott

den Baum der Erkenntnis weiterhin blühen und gedeihen lasse, nun allerdings immer schwerer zu erringen sei.
Die Gemeinde sprach das «Vaterunser», dessen Worte «und vergib uns unsere Schuld, wie auch wir vergeben unseren Schuldigern» nun durch Koldehoffs Predigt etwas Anzügliches erhielten, und Sempert war beeindruckt, wie sehr Koldehoff mit seiner ehrlichen, vorbehaltslosen Art auf seine Zuhörerschaft wirkte, die dem Hintersinn seiner Ausführungen unmöglich hatte folgen können. Obwohl die Gemeinde der älteren Leute nichts oder kaum etwas verstand, spürte jeder den verzweifelten Ernst, der ihren Seelsorger bewog, derartiges von der Kanzel herab zu verkünden, und so war jeder bereit, wenn auch leicht verwirrt, mit eben der Inbrunst, die Koldehoff ihm anriet, zu beten.
Nur die Pfarrersfrau, die (dies bemerkte Sempert erst gegen Schluß der Predigt) abseits gegen die Wand gerückt neben ihm auf der letzten Bank saß, betete nicht. Sie verharrte mit gesenktem Kopf regungslos. Ihr von roten Flecken übersätes Gesicht wirkte verschämt, aber gleichzeitig entschlossen, als müsse sie Semperts Blicke überstehen, die sie nach einer solchen Predigt fraglos erwartete, und als Sempert sie ansah und zu grüßen versuchte, preßte sie, ohne Notiz von ihm zu nehmen, ihre Lippen aufeinander.
Nach dem Gebet, das den Gottesdienst beendete, verließ Sempert vorzeitig seinen Platz, um der Pfarrersfrau jede weitere Begegnung zu ersparen. Er benutzte eine Nische auf der entgegengesetzten Seite, um den nun zum Ausgang Drängenden auszuweichen. Danach, als Koldehoff und Annemarie ihre Gemeinde am Portal

verabschiedeten, schlenderte er langsam in Richtung Altar und betrachtete einen gekreuzigten Heiland aus Holz, dem eine gemalte Inschrift zu Füßen aufgeklebt war, nämlich: «O mein Gott, warum hast du mich verlassen!»

Als er hörte, daß die Portaltür wieder geschlossen wurde, drehte sich Sempert um: Koldehoff und Annemarie kamen auf ihn zu. Er noch erregt, wie unter dem Eindruck einer überstandenen Anstrengung, sie mit stolzem Gesicht, wohl in der Erwartung, Sempert müsse jetzt zu dieser Predigt ihres Vaters unbedingt etwas sagen.

«Ihre Predigt war ungewöhnlich», sagte Sempert, der nicht wußte, wieweit er seine Eindrücke, die die Predigt bei ihm hinterlassen hatte, gegen Koldehoff geltend machen durfte. «Sie haben den Menschen gegen Gott in Schutz genommen.»

«Ich wünschte, ich hätte es nicht getan», sagte Koldehoff.

«Aber Sie glauben an Gott?»

«Ich versuche es. Es will mir nicht immer gelingen.»

«Und mit welchem Recht steigen Sie auf die Kanzel?»

«Weil Gott nötig ist.»

«Es sind Gedanken, die Vater in einem Buch niederschreiben wird», sagte Annemarie rasch, in der Absicht, dem Gespräch eine grundsätzliche, für den Vater schmeichelhafte Wendung zu geben.

«Sie schreiben an einem Buch?» fragte Sempert.

«Sie überschätzen mich», antwortete Koldehoff. «Ich schreibe an keinem Buch. Ich schreibe diesen und jenen Gedanken auf. Ich mache mir, wie mein Schwager behauptet, durchaus abstruse Gedanken. Aber es gibt

Augenblicke in meinem Leben, da glaube ich, mein Selbstgefühl allein durch die Neugierde retten zu können, die mir alle Dinge, die um mich her von Belang sind, aufklärt. Sie kennen diesen Zwang zur Zuversicht», fügte er hinzu. «Der Mensch muß sich über seine Umwelt Klarheit verschaffen, damit er in dieser Klarheit auch gegen sie recht behalten kann.»
Sempert war beeindruckt. Er wußte, daß Seelsorger auf dem Lande aus Mangel an Beschäftigung wissenschaftlicher Liebhaberei nachgingen und erstaunliche Leistungen vollbrachten. So entsann er sich einer flüchtigen Bekanntschaft mit einem lebenslustigen Pfarrer, der die prähistorischen ‹Zeichen und Wunder› seiner Umgebung (es war der Harz bei Thale) so gut kannte, daß er die gelehrte Literatur, die er bei sich gestapelt hatte, mit ergänzenden Bemerkungen versehen durfte. Aber Koldehoff, so schien es Sempert jedenfalls, zeigte Neigungen, die seiner Tätigkeit als Seelsorger unangemessen, ja vielleicht sogar hinderlich waren, und er zeigte auch keine befreiende Wirkung, die man von einem Mann hätte erwarten können, der zu solch spekulativen Gedanken und Predigten entschlossen war, weil ihn das Leben eines Dorfpfarrers langweilte.
Sempert spürte, daß es diesem Mann in allem, was er unternahm und worüber er sich äußerte, auf eine entschiedene, traurige Weise ernst war und daß er die Fähigkeit, den hoffnungslosen Dingen des Lebens mit Unbekümmertheit zu begegnen oder sie zu ignorieren, offenbar verlernt hatte. Und besonders zeigte sich Sempert beeindruckt, als Koldehoff ihn, nach einem Rundgang durch die Kirche und dem Vorzeigen dieser und jener Armseligkeiten, die nur als Raritäten, als «Berne-

der Überlieferungen» einen kümmerlichen Schauwert besaßen, besonders zeigte er sich beeindruckt, als Koldehoff ihn in die Sakristei führte, die er, wie er versicherte, für seine eigene seelische Bedürftigkeit hergerichtet hatte, um hier, so versicherte er immer und immer wieder, Ruhe und Zuversicht zurückzufinden, wenn ihm der Glaube an Gott, oder richtiger müsse er sagen, wenn ihm die befreiende, überzeugende Vorstellung von einem Herrn als Erlöser nicht mehr so recht gelingen wollte. Dies käme in letzter Zeit immer öfter vor. Er müsse aber auch sagen, erklärte der Pfarrer lächelnd, wie um ja kein Selbstmitleid aufkommen zu lassen, daß sein Befinden im allgemeinen nicht das beste sei. Er neige zur Hypochondrie, und er leide seit längerem und in letzter Zeit immer häufiger unter Zuständen unerklärlicher Angst. Dann flüchte er in die Sakristei, um sich, auf einem Stuhl sitzend, das Bildnis des gekreuzigten Dulders vor Augen, zu beruhigen. Hierbei hätten ihm auch Gebete geholfen, und insofern müsse er sagen, daß er den Herrn als Erlöser, obwohl es ihm an Vorstellungskraft mangele, doch am eigenen Leibe verspürt habe.
Während Koldehoff dies erklärte, stand Annemarie ernst und beziehungslos in der Mitte dieses sonderbaren Raumes, als müsse sie ihn jeden Augenblick wieder verlassen, als befände sie sich, die sonst jedes Geheimnis ihres Vaters teilte, in einem Bereich, in dem sie Koldehoff, wenn er es nötig hatte, um seine gesundheitliche und sonstige Fassung zu ringen, das erste Mal nicht folgen durfte.
Sempert betrachtete vom Eingang aus die hohen, weißgekalkten Wände, die von einem winzigen Fenster aus

Licht erhielten, so daß der gekreuzigte Heiland aus Messing, in Augenhöhe angebracht, gerade noch zu erkennen war. Ansonsten war der Raum leer, es fehlte sogar der Stuhl, von dem Koldehoff gesprochen hatte. Aber in der linken Ecke, zu ebener Erde gegen die Wand gelehnt, bemerkte Sempert eine Holztafel, auf der in weißer Ölfarbe auf dunklem Grund Namen zu lesen waren.

«Inschriften, die ich auf den Gräbern entziffern konnte. Das Sterberegister ist während des Krieges verbrannt», sagte Koldehoff, und: «Ich werde die Tafel hier aufhängen. Warum sollte man sie vergessen. Auch die Toten haben ein Recht auf Anwesenheit.» Er hoffe, sie würden ihm helfen, fügte er hinzu, falls er wieder einmal allzu dringend Trost nötig hätte, sich jenen Zustand vor Augen zu führen, der uns allen vorausbestimmt sei, und der jeden Trost (und hierfür müsse man Gott besonders danken) überflüssig macht.

Sie gingen weiter. Koldehoff zeigte nun noch ein elektrisch betriebenes Räderwerk, das die kleine Glocke in Gang setzte, die im übrigen noch, die ganze Zeit über, seit Beendigung von Predigt und Gebet, läutete, bis Annemarie sie durch einen roten Hebel außer Betrieb setzte.

«Haben Sie keinen Ärger?»

«Weshalb?» fragte Koldehoff.

«Weil Sie die Glocke beliebig lang läuten lassen.»

«Es hat sich noch niemand beschwert.»

Den Rest des Vormittags verbrachte Sempert auf eigenen Wunsch in der Nähe des Pfarrhauses auf einer großen Wiese.

Annemarie hatte sich, als sie die Kirche verließen,

wortlos entfernt, wozu Koldehoff bemerkte, sie müsse der Mutter in der Küche helfen. Man verabredete sich für zwölf Uhr zum Mittagessen, und Sempert sah noch, bevor er den Weg durch die hintere Gartentür zu der Wiese nahm, den alten Mann, Koldehoffs Schwager, in den Schuppen humpeln, und nun war er gespannt, ob er diesen Sonderling am gemeinsamen Mittagstisch wiedersehen würde.
Das Wetter war kalt, es nieselte. Sempert hatte seinen Mantel vergessen und fror. Er war aber entschlossen, die anderthalb Stunden bis zur Verabredung durchzuhalten, und er war voller Gedanken über die neuerliche Begegnung mit seinem Gastgeber, dessen Intelligenz ihn beeindruckte und dessen natürliche, unbedingte Ehrlichkeit auf innere Freiheit schließen ließ. Um so weniger konnte Sempert es sich erklären, warum dieser Mann an seinem Leben so hoffnungslos litt, da er seine Fähigkeit, sich selbst zum Begriff und damit zum Selbstverständnis zu erheben, an eben diesem frühen Vormittag, während der Predigt und während ihres Rundgangs durch die Kirche, hinlänglich bewiesen hatte. Sempert nahm sich vor, Koldehoff (wenn es sich einrichten ließ, diesen Mittag noch) über seine Äußerungen, das menschliche Erkenntnisvermögen betreffend, zu befragen, und besonders beunruhigte ihn jene Bemerkung, die Koldehoff traurig und gelassen, mit einer Gedanklichkeit, die nicht lange nach Worten suchen mußte, ‹nur so dahingesprochen› hatte. Nämlich: «Sie kennen diesen Zwang zur Zuversicht. Der Mensch muß sich über seine Umwelt Klarheit verschaffen, damit er in dieser Klarheit auch gegen sie recht behalten kann.»
Zum Mittagessen gab es Griessuppe mit Putenmagen,

danach die Pute gebraten mit Salzkartoffeln und Rosenkohl, dazu sehr schlechten Rotwein, der säuerlich nach Weinessig roch, als Dessert Birnenkompott. Elfriede Koldehoff hatte ihr bestes Geschirr, ein Porzellanservice mit Goldrand und Blümchenmuster aufgeboten, dazu eine handbestickte Damastdecke, das große, silberne Besteck, offenbar ein Erbstück, war frisch geputzt. Sempert saß neben Annemarie, die stumm beim Servieren behilflich war und der Mutter jedesmal, wenn diese in die Küche ging, um Zutaten zu holen, folgte. Auch der Junge, der an der gegenüberliegenden Seite des Tisches neben dem Vater saß, schwieg. Eberhard, auf dessen Erscheinen Sempert gespannt wartete, zeigte sich nicht. Er hätte auch keinen Platz und kein Gedeck vorgefunden, offenbar war seine Teilnahme an dieser Mahlzeit, die derart schweigsam und mit verbissener Feierlichkeit in Szene gesetzt wurde, unerwünscht. Überhaupt: Es war für Sempert unverkennbar, daß die Koldehoffs den freien, unbeschwerten Umgang miteinander verlernt hatten und daß das eigentliche Ereignis dieses Tages nicht die Anwesenheit Semperts, sondern das gemeinsame Mittagessen war. Man aß zögernd, die Aufmerksamkeit nicht so sehr auf den eigenen Teller, als auf die ungewohnte Nähe seines Nachbarn gerichtet (der wahrhaftig alles andere als ein Fremder war), und die Mutter, die ihr fleckiges Gesicht, das von Sempert während der Predigt diskret übersehen worden war, noch immer nicht verloren hatte, gab hin und wieder, wenn sie nicht in der Küche oder mit Handreichungen beschäftigt war, leise Anweisungen an den Sohn, die Gabel ruhiger zu führen und vor allem nicht den Mund mit Putenfleisch zu verstopfen.

Dann, Sempert hatte kaum das Birnenkompott verzehrt, erhob sich Koldehoff und verließ mit der Bemerkung, er wolle nicht unhöflich sein, aber er müsse nochmals in die Kirche zurück, man würde ja später Zeit finden, sich wieder zu treffen, das Zimmer. Und nun lockerte sich die Stimmung in trauriger Weise, indem nämlich Gerd und Annemarie aufatmeten, weil sie wußten, wie sehr die Mutter wegen der Anwesenheit des Vaters in Erregung geraten war, und daß sich ihre Hoffnungen, die sie mit dieser kurzen Gemeinsamkeit verband, unmöglich hätten erfüllen können. Sie waren froh, daß der Vater mit seinem abrupten Weggang dies alles, die Erregtheit und die rührenden, hilflosen, unbestimmten Erwartungen der Mutter, wieder entkräftet hatte. Und auch Elfriede Koldehoff, so schien es Sempert jedenfalls, atmete auf, wie jemand, der die Erinnerung an sein persönliches Glück verloren oder aufgegeben hatte und der nun, so plötzlich und für die kurze Spanne einer gemeinsamen Mahlzeit in den Zustand glücklicher Tage zurückversetzt, nicht mehr recht wußte, was er davon zu halten hatte.
Sempert empfand wieder Mitleid mit dieser Frau, deren Blick nun auf Annemarie ruhte. Es war ihr nicht entgangen, wie wenig Neigung ihre Tochter zeigte, sich mit ihrem (wie sie immer noch meinte) Verehrer aus Magdeburg wenigstens in ein höfliches, unverfängliches Gespräch einzulassen, und so ließ Sempert sich nicht lange bitten, als sie vorschlug: Annemarie solle mit Vaters Wagen nach Gülze fahren, um Kuchen zu holen, und Sempert ... Aber hier bot Sempert, sogar mit einem Anschein von Lust und Laune, sich selbst an, Annemarie zu begleiten. Die Pfarrersfrau lächelte dankbar und

errötete stärker, und für Augenblicke schien es, als würde sie sich an der Aufmerksamkeit Semperts für die Vernachlässigung durch ihren Mann schadlos halten, denn ihr Erröten hatte mit ihrer Absicht, Annemarie in vertrautere Nähe zu Sempert zu bringen, nichts zu tun. Aber ehe Sempert dieses Erröten, für das Elfriede sich genierte, hätte bemerken können, war man schon in die Proteste des Jungen verwickelt, der unbedingt mit nach Gülze wollte, aber nicht Annemarie, sondern er sollte das Steuer des Wagens führen dürfen, was die Mutter ablehnte. Nun wurden die Proteste des Jungen heftiger und gipfelten in der unter Tränen hervorgebrachten Anklage: Er wisse schon, und er würde sich einmal dafür rächen, daß Annemarie in diesem Haus vorgezogen würde.
«Wie kannst du so etwas sagen!» rief die Pfarrersfrau.
«Vater hat ihr das Auto versprochen.»
«Das hat er euch beiden versprochen!»
«Aber Annemarie darf damit fahren.»
«Annemarie ist auch vier Jahre älter als du!»
«Ja, sie wird das Auto gegen einen Baum fahren.»
«Wenn du nur deine Schwester verächtlich machen kannst! Kein Wunder, daß ihr seit Jahren wie Katze und Maus seid!»
Diese letzten Worte, mit schneidender, keinen Widerspruch duldender Stimme hervorgebracht, machten den Jungen stumm, und Sempert erschrak über die Veränderung im Gesicht der Pfarrersfrau: Eben noch weich und auf eine resignierende Weise nachgiebig, wurde es plötzlich hart und unerbittlich, ohne Verständnis für die, zugegeben, albernen Nöte des Jungen. Aber indem die Mutter ihnen derart unangemessen begegnete, gab

sie der Anklage des Jungen recht. Mit Annemarie hätte sie so nicht gesprochen. Nicht nur, weil Annemarie zu solch unbefangener, natürlicher Lebensäußerung, wie der Bruder sie zeigte, unfähig war, sondern weil sie der Mutter durch ihre besondere Nähe zum Vater entrückt und der Umgang mit ihr immer auch ein Umgang mit dem Vater war, und so wurde der Junge dafür bestraft, daß er dergleichen subtile Sonderrechte nicht aufzuweisen hatte.
Dies alles sah und begriff Sempert. Er bot dem Jungen an, doch mit ihnen nach Gülze zu fahren, mit dem ausdrücklichen Hinweis: Auch er, Sempert, dürfte, so gern er es möchte, einen Wagen ohne polizeiliche Erlaubnis nicht führen, und damit war der Junge zufrieden, zufrieden vor allem, weil Sempert nicht den ewigen Grund der Mutter (nämlich: er sei zu jung, ach, immer noch zu jung!) geltend gemacht hatte.
Eine halbe Stunde später fuhr man zu dritt nach Gülze. Annemarie steuerte den Wagen fahrig, mit nervöser Hast, man hörte hin und wieder, wenn sie die Gangschaltung bediente, das Getriebe krachen, ein Umstand, der Gerd zu hämischen Kommentaren hätte veranlassen können, aber der Junge blieb ruhig. Er saß auf dem hinteren Sitz, offenbar gezähmt durch die kameradschaftliche Zuneigung, die Sempert ihm entgegenbrachte und die er erwiderte, und nun wollte er beobachten, wie seine Schwester sich diesem ‹immer noch jungen Mann›, der eigens für sie aus Magdeburg angereist war, gegenüber verhielt.
Annemarie ließ ihren Bruder unbeachtet, und gegen die Nähe Semperts, der Mühe hatte, sie in dem engen Wagen nicht zu berühren, wehrte sie sich durch hart-

näckiges Schweigen. Auch als Sempert einige Fragen an sie richtete, teils aus Höflichkeit, teils weil er fürchtete, die Stimmung würde, wenn auch er hartnäckig schwieg, in Peinlichkeit ausarten, antwortete sie widerwillig, mit einem Anflug von Hochmut. Und an der Übertriebenheit ihres Widerstandes spürte Sempert, daß dies alles nicht gegen ihn, sondern gegen die Mutter gerichtet war, die mit ihren ‹geheimsten Wünschen›, die sie so offen zeigte, der Tochter für diesen Ausflug die Unbefangenheit genommen hatte. Aber schon aus diesem Grund wollte Sempert von seinem Versuch, durch Fragen zu einem Gespräch zu kommen, nicht lassen, wobei er möglichst Umstände berührte, die die mangelnde Reife, die Jugendlichkeit Annemaries betonten und in denen er ihren Altersunterschied geltend machen durfte, was nun wieder seiner Befangenheit entsprach. Denn die langen, feingliedrigen Hände des Mädchens, die eigenartige Blässe ihres Gesichts, die irrlichternden Augen, der enganliegende Pullover, der verriet, daß sie noch fast busenlos war, dies alles und der Geruch ihrer Haare, dem Sempert sich von Anfang an widerstandslos aussetzte, hatten in ihm Empfindungen geweckt, die er umsonst bekämpfte und die so gar nicht zu seinen ernst und väterlich gehaltenen Fragen passen wollten.
Ob sie denn noch die Schule besuchen würde, wollte er wissen.
Ja, die Oberschule würde sie noch besuchen.
Wo?
In Dersenow selbstverständlich.
Ob sie wisse, was sie nach dem Abitur ...
Nein, das wisse sie noch nicht.

Aber er könne aus eigener Erfahrung sagen, man solle möglichst früh, möglichst schon jetzt …
Solche Ratschläge seien ihr bekannt. Sie mache sich über die Zukunft aber keine Gedanken.
Ob sie vielleicht wie der Vater Theologie …?
Wozu?
Aber der Vater würde wissen, warum ausgerechnet er …
Der Vater sei Theologe aus Verzweiflung, und sie wüßte, daß er mit einem Wink auf die Bibel kaum aufzuheitern sei.
Dies sagte sie rasch und bestimmt, und Sempert unterließ unter dem Eindruck dieser Antwort, die weder altklug war noch dem Vater nach dem Munde geredet, respektvoll jede weitere Belanglosigkeit. Aber ebenso war er außerstande, einer Jugendlichen jene Fragen zu stellen, die ihn seit der Predigt und seit dem Rundgang durch die Kirche beunruhigten und die er beim Mittagessen an den Pfarrer so gern hatte loswerden wollen. So verlief der Rest der Fahrt allerdings wortlos, und in Gülze überließ Sempert es Annemarie, in das ‹Café – Restaurant› zu gehen, um Kuchen zu holen. Er blieb mit Gerd im Auto zurück, und der Blick des Jungen und die Art, wie er, als Sempert sich nach ihm umdrehte, die Lippen nach vorn schob, verriet, daß auch ihm die Sache mit der Schwester nicht ganz geheuer war. Er hatte aber nicht vor, sich deswegen besondere Gedanken zu machen.
Der Kuchen, ein etwas trocken und hart geratener Bienenstich, wurde nicht wie der Puter im Kreise der Familie Koldehoff verzehrt. Hier, im Pfarrhaus, hatte das Leben währenddessen wieder in gewohntere Bahnen

zurückgefunden: Der Pfarrer schien unauffindbar, die Mutter war in der Küche beschäftigt, und in der Stube saß der alte Mann am Ofen, wieder in seiner umgefärbten Militärjacke, wieder damit beschäftigt, altes Zeitungspapier in kleine Stücke zu zerreißen. Die Tür hinter seinem Rücken, die zu Koldehoffs Bibliothek führte und die der Ohrensessel jetzt zum Teil abdeckte, war geschlossen.

Sempert, überrascht durch diese Veränderung, blieb auf der Türschwelle zwischen Stube und Korridor stehen und grüßte Eberhard höflich, was dieser mit einem sarkastischen «Na, hat's geschmeckt?» beantwortete.

Sempert fiel die Absonderlichkeit des Alten, eine SS-Mütze bei sich zu tragen, wieder ein, und unwillkürlich suchte er die Jacke nach einer Stelle ab, die, vielleicht durch eine Ausbeulung des Stoffes, diesen geschmacklosen Fetisch verraten würde. Eberhard lächelte höhnisch und neigte den Kopf gegen Sempert hin, aber ohne seinen Blick von dem Zeitungspapier zu lassen, und dies gab ihm etwas Lauerndes, Gefährlich-Herablassendes, eine Pose, die in der engen, muffigen Pfarrstube lächerlich hätte wirken müssen, aber Sempert konnte sich der Unheimlichkeit dieses Mannes, wenigstens für Augenblicke, nicht entziehen.

‹Der eine macht seine Vernunft Gott zum Vorwurf, der andere ist die Unvernunft selbst›, dachte er. Aber er empfand dabei keinerlei Genugtuung oder jenes Gefühl intellektueller Macht, das er gewohnt war, wenn er einen Sachverhalt erkannt und zum Begriff erhoben hatte, um nun alles bei der Leistung seines Verstandes zu belassen, als sei, was sein Verstand erfaßt oder indem er es erfaßt hatte, nun dadurch weniger erheblich oder aus der Welt. Diese Eitelkeit der ‹denkenden Vernunft›, die Sempert allerdings beherrschte, wollte ihm nun, obwohl er es versuchte, nicht mehr gelingen. Und es mußten in seinem Innersten Veränderungen vor sich gegangen sein, die es möglich machten, daß er diesem Menschen am Ofen, den er für unvernünftig hielt, eine derart verwirrte Aufmerksamkeit schenkte, anstatt ihn, was er vor Monaten noch getan hätte, achselzuckend zu übergehen. Und was ihn festhielt, war nicht etwa eine moralische Entrüstung darüber, daß jener seine verbrecherische Vergangenheit so unbekümmert bei sich behielt (über diese naive, gedankenlose Wertung des Bösen war Sempert hinaus), es war eher die unerbittliche, durch nichts zu widerlegende Anschaulichkeit, daß hier jemand auf das eigene Leben mit einem vehementen Willen zur Bosheit reagierte, und nicht aus Dummheit, sondern aus Intelligenz. Sempert ahnte: Wie sehr der Alte in dem Pfarrhaus auch auf die unterste Stufe verwiesen wurde, indem man seine Anwesenheit gerade noch duldete, und wie sehr der Pfarrer einer solchen Anwesenheit mit Verachtung und Ekel aus dem Wege zu gehen versuchte, und wie sehr er selbst, Sempert, diesen Menschen für unvernünftig hielt, Eberhard schien doch aus der gleichen Anstrengung geformt, an der sie alle teilnahmen und aus der sie allesamt geformt wurden, nämlich: Aus der Anstrengung des Intellekts, mit den Bedingungen einer Existenz fertig zu werden, in der alles und jedes, nur nicht der Intellekt vorgesehen war.

Aber dies wurde ihm, auch als Ahnung, später erst bewußt. Jetzt war es eher eine verworrene, flüchtige Gedankenversunkenheit, kein ahnungsvolles Nachden-

ken, das, je länger es sich hielt, zur Gewißheit hätte drängen müssen, und alles, was Sempert augenblicklich empfand oder dachte, ging nicht über den Anlaß, daß er so allein gelassen auf der Schwelle stand und nicht wußte, wohin er sich in diesem Hause wenden sollte, hinaus, und er wußte auch nicht, wie er sich der Gesellschaft dieses Mannes, der ihn derart herausfordernd behandelte, entziehen konnte.
«Gehen Sie hier hinein, Herr Sempert», sagte Elfriede Koldehoff, die von der Küche aus in den Korridor getreten war. «Mein Mann erwartet Sie. Ich habe Ihnen Tee gemacht, und der Kuchen ist auch schon ausgewikkelt.» Dabei wies sie auf den Eingang zur Bibliothek, und Sempert ließ sich nicht lange bitten. Er klopfte unter den auffordernden Blicken der Frau, die aber schon wieder auf dem Weg zur Küche war, gegen die bezeichnete Tür. Einen Augenblick noch wunderte er sich, daß niemand antwortete, dann trat er ein. Aber seine Hoffnung, der Eintritt in eine Bibliothek würde seine Stimmung bessern, erfüllte sich zunächst nicht. Er sah einen Raum von beängstigender Enge, keine zwei Meter breit, aber sechs Meter lang, der sich im letzten Drittel auf der Seite zum Fenster um einen Meter verbreiterte, so daß man den Eindruck gewann, man geriet, wenn man sich dem Fenster näherte, in eine Falle, aus der es nur einen Fluchtweg gab, eben den vier Meter langen Schlauch zur Tür, der noch durch ein hohes Bücherregal um vierzig Zentimeter verengt wurde. Der Durchgang zur Stube war mit Stoff bespannt. Direkt neben dem Durchgang, im breiteren Teil des Zimmers, also zum Fenster hin, sah Sempert ein Stehpult, darüber eine große Sternkarte, in unmittelbarer Nähe des Fen-

sters einen Tisch, und davor, auf altmodischen, hochlehnigen Stühlen aus Korbgeflecht sitzend, erwarteten ihn Vater und Tochter.
«Setzen Sie sich neben die Heizsonne», sagte Koldehoff. «Wir müssen, da diesem Raum der Ofen fehlt, elektrisch heizen. Aber ich spüre die Kälte kaum», fügte er hinzu, «ich kann sowieso nur bei offenem Fenster arbeiten.»
Dann, nachdem Sempert sich gesetzt und Annemarie die Heizsonne gegen seine Füße gerichtet hatte, wofür er sich mit einem Lächeln bedankte, wurde schweigend Kuchen gegessen, und Sempert kämpfte möglichst unauffällig mit dem viel zu heißen Tee. Es vergingen mehrere Minuten, und Sempert spürte, da seine Gastgeber keine Anstalten machten, ein Gespräch zu beginnen, nun wieder die Notwendigkeit, etwas zu sagen. Zwar hätte er lieber geschwiegen, es schien ihm, als seien alle Fragen, vor einer halben Stunde noch Anlaß zur Beunruhigung, jetzt kaum der Rede wert. Aber da er die Bibliothek in eindeutiger Absicht betreten hatte, gab er sich einen Ruck und begann zu reden.
Er sprach, und je länger dies dauerte, mit immer heftigerem Eifer, von den Segnungen der Vernunft und ihrem Werden in den Anstrengungen des menschlichen Bewußtseins und wie dadurch, indem der Mensch seine eigene und sonstige Natur immer besser, umfassender zu erkennen in der Lage sei, seine Freiheit gegenüber der eigenen und sonstigen Natur unaufhörlich wachse. Er wisse, wovon er rede, denn er hätte untrüglich das Gefühl von Befreiung durch das erkennende Denken auch eben jetzt, während er dies spreche, und er werde diese Erfahrung, sofern sein Talent es erlaube, auch zu

Papier bringen. Insofern müsse er dem Motto der heutigen Predigt, die er mit großem Interesse, ja, wie bereits erwähnt, mit Staunen angehört hätte, widersprechen. Bewußtsein sei durch seine Möglichkeit zur Vernunft alles andere als ein Verhängnis. Das Bewußtsein sei vielmehr in der Lage, jedes Verhängnis (er verweise auf die Erfolge der Wissenschaft), das dem Menschen durch seine eigene und sonstige Natürlichkeit gegeben sei, früher oder später aufzuheben. Und insofern müsse er auch dem, zugegeben, mutigen Vorwurf Koldehoffs gegen Gott, daß dieser den Baum der Erkenntnis hatte wachsen lassen, widersprechen. Denn, vorausgesetzt, fügte er hinzu (nun schon mit erhitztem Gesicht, mit wachsender Beklemmung, da er sich unter dem Zwang fühlte, rasch reden zu müssen und jeden Gedanken durch den nächsten zu rechtfertigen, vielleicht, weil er seine Stellungnahme zu Koldehoffs Predigt, die ihm am Herzen lag, solange hinausgeschoben hatte und nun fürchtete, sie könne nicht umfassend genug, unklar oder bruchstückhaft ausfallen), vorausgesetzt, es gäbe einen Gott, an dessen wissender Allmacht der Mensch durch ein Wachsen und Gedeihen eben dieses Baumes partizipieren dürfe, so müsse er sagen: An Gottes wissender Allmacht zu partizipieren könne kein Unglück, eher eine einmalige Gelegenheit sein, die Mangelhaftigkeit, die Beschränktheit der menschlichen Existenz Schritt für Schritt abzustreifen und Gott ähnlicher zu werden, was die christliche Lehre, wie er, zugegeben, aus zweiter, dritter Hand, eigentlich nur vom Hörensagen wisse, vom Menschen letzten Endes fordere. Und insofern müsse er sagen (aber, bitte, dies sei kein Vorwurf oder eine Form von Besserwisserei!): Wenn Kol-

dehoff Gott schon aus seiner höchsten Leistung, dem Setzen eines Baumes der Erkenntnis, heraus begriffen hätte, hätte er auch gleich dem wichtigsten Versprechen der Heiligen Schrift eine andere Wendung geben können, nämlich: Daß, immer in Hinblick auf die Möglichkeit zur Vernunft, nicht die Menschwerdung Gottes, sondern die Gottwerdung des Menschen der eigentliche, heute noch gültige Erlösergedanke sei.
Koldehoff lächelte. Er wirkte abwesend, als hätte er sich, während er schweigend zuhörte, in eine eigene Gedankenwelt zurückgezogen. Er verzögerte seine Antwort, dann sagte er leise, fast zu sich selbst, so als lohnte es nicht, über derart hoffnungslose Dinge ausführlicher zu reden, und fast war er versucht, eine abschätzige, wegwerfende Handbewegung nicht zu unterdrücken.
«Sie überschätzen mich», sagte er, und seine Tochter saß kerzengerade und mit vor Erregung fiebrigen Augen neben ihm. «Ich bin zu schwach, um an den Vorzügen der Vernunft, die meinem Selbstgefühl widersprechen, Freude zu haben. Ich muß Ihnen sagen, ich bin vor meinem Verstand, seit er mich quält und seit ich weiß, daß er mich in die Verzweiflung treiben will, ununterbrochen auf der Flucht.»
«Aber Sie interessieren sich für Astronomie», sagte Sempert mit einem Blick auf die Sternkarte, die, wie er jetzt bemerkte, mit Notizen und Zeichen, winzigen Fähnchen ähnlich, übersät war.
«Die Astronomie», antwortete Koldehoff, «die nicht beweisen kann, wo Gott wohnt, sollte man besser unterlassen. Glauben Sie mir, der Zufall der Natur wäre barmherziger mit uns verfahren, wenn er uns das Wun-

der der menschlichen Intelligenz erspart hätte. Denn was bringt uns der berühmte Blick der Erkenntnis?» Aber er schien einzusehen, daß er Sempert, der sich nicht zuletzt aus Höflichkeit zu solch engagierten Bekenntnissen hatte hinreißen lassen, eine längere Erklärung schuldig war und daß man derlei Bekenntnissen, die, wie er wußte, im seelischen Gleichgewicht begründet lagen, nicht mit schroffem Desinteresse, auch wenn einem danach zumute war, begegnen durfte. Er versuchte, bei allem resignativen Ernst, den er nicht loswerden konnte, seiner Stimme doch etwas mehr Verbindlichkeit zu geben.
«Ich sehe», sagte er und beeindruckte Sempert wieder durch eine traurige, ruhige Gedanklichkeit, die nicht lange nach Worten suchen mußte, «wenn das Wetter es erlaubt, in den Himmel und sehe Sternhaufen. Ich betrachte ihr Flimmern und die unendlichen schwarzen Räume, und die Bücher, die ich dazu lese, erklären mir, daß ich das Flimmern und die unendlichen schwarzen Räume fürchten muß, denn außer Gas oder Strahlung, die meine Existenz vernichten würden, ist da nichts zu sehen. Nun lese ich in den gleichen Büchern: Auch ich bin aus keinem anderen Stoff geschaffen als dieses feindliche Flimmern. Ich existiere durch eine andere Anordnung der im übrigen immer gleichen Bausteine. Meine Existenz ist also eine Sache der Form, und verschiedene Formen ein und derselben Sache entstehen und vergehen bekanntlich durch Zufall. Bescheidene Frage: Wie kann ich einer alten Frau, die vor mir auf der Bank betet, weil sie sich um ihr Leben betrogen fühlt und auf eine gerechtere Existenz nach ihrem Tode hofft, verheimlichen, daß ihr Leben und Sterben

ebensowenig von Belang ist wie der tägliche Wetterwechsel? Ich bin kein überragender Kopf, aber es reicht, um über jene überragenden Köpfe zu staunen, deren Selbstgefühl sich mit Hilfe der Physik Klarheit über die Natur verschafft hat, so daß sie endlich wissen: In der Natur hat dieses und jenes Geltung, nur nicht das menschliche Selbstgefühl.»

Sempert war beeindruckt. Er spürte, wie Brust und Kehle sich weiteten, um einem Gefühl der Betroffenheit Platz zu machen, und wieder war ihm, als hätte jemand in seinem Innersten ein Tor aufgestoßen und als würde dahinter eine Landschaft sichtbar werden wollen, die er zu fürchten hatte, und wieder dauerte, wie damals, als er im Gasthaus von der Selbstverbrennung des Zeitzer Pfarrers erfahren hatte, dieses vage, nach anschaulichen Bildern ringende Etwas nur Sekunden. Aber die Betroffenheit blieb, und nun entschlüpfte Sempert, vielleicht, weil er sich dieser Betroffenheit schämte und sie loswerden wollte, eine Bemerkung, die er sofort, nachdem sie unwiderruflich geworden war, bereute.

«Dann hoffen wir», sagte er unter zwanghaftem Grinsen, dessen Deplaciertheit er bemerkte, dem er aber wehrlos ausgeliefert war, «daß sich Ihr Kollege in Zeitz nicht aus Mangel an Selbstgefühl öffentlich verbrannt hat.»

Koldehoff wurde blaß.

«Ich fühle mich diesem Pfarrer sehr verbunden», sagte er mit einem Ernst, der Sempert seine alberne, dummdreiste Bemerkung vergessen ließ. «Ich kenne seine Motive nicht, aber in einem muß ich meinem, wie Sie sich ausdrücken, Zeitzer Kollegen recht geben: Jedem

Menschen, der bewußt lebt und beschlossen hat, dieses bewußte Leben anzunehmen, stehen zwei Dinge offen. Entweder er akzeptiert seine Unzulänglichkeit und entschädigt sich rigoros durch die Möglichkeiten seiner kurzen Existenz, oder er glaubt an seinen Schöpfer und an eine gerechtere Auferstehung. Aber eines ist ihm keinesfalls gegeben: In seiner Existenz einen Sinn zu finden, der geeignet wäre, ihm in der Natur jenen Platz zuzuweisen, den sein Selbstgefühl und sein Intellekt so kategorisch von ihm fordern. Sie verstehen, worauf ich hinaus will?»

«Nein», antwortete Sempert.

«Nun», sagte Koldehoff, «wenn mir der Glaube an meinen Schöpfer nicht mehr gelingt und wenn ich kein Bedürfnis entwickeln kann, mich für meine Unzulänglichkeit zu entschädigen, bin ich dann nicht in jenem Zustand, für den die Bezeichnung *Leben* nicht mehr lohnt, und ist es nicht klar, daß mein Intellekt mit Recht von mir fordern kann, mit einer irreführenden, sinnlosen Existenz Schluß zu machen?»

«Aber Sie sind Pfarrer», sagte Sempert.

«Eben darum», antwortete Koldehoff, «ist der Zustand, in dem ich mich augenblicklich befinde, absolut unmöglich. Ich bin jetzt achtundvierzig Jahre alt und predige seit Jahren in einem Dorf an der Elbe zu älteren Frauen. Niemand hört mich sonst, und ich werde einmal jährlich von meinem Superintendenten empfangen, und ich weiß, daß dies bis an mein Lebensende so bleiben wird. Aber dies kann unmöglich der Grund sein, warum ich weder Astronom noch Gürtelvertreter, sondern Theologe geworden bin.»

Es folgte eine Stille, in der nur das Klappern der Teetassen zu hören war, und Koldehoff rang sichtbar um Fassung. Sein Gesicht war jetzt aschfahl. Aber er versuchte, seiner aufsteigenden Angst und Verzweiflung, die Sempert, wie er glaubte, körperlich spürte, durch eine demonstrative Beschäftigung mit dem Kuchen, indem er kleine Stücke abbiß und ruhig, den Blick geradeaus auf den Durchgang zur Stube gerichtet, daran kaute, wenigstens einen Anschein von Beherrschtheit zu geben. Annemarie war in ihrer Bewegungslosigkeit und dem Versuch, ihrer aufrechten Haltung noch mehr Würde zu geben, ganz bei ihrem Vater.

«Aber was wollen Sie tun?» fragte Sempert schließlich.

«Ich weiß es nicht», antwortete Koldehoff. «Der Blick durch dieses Fernrohr macht mir Angst, und ich merke, daß ich das Bildnis meines Heilands, das mich trösten soll, immer mehr für ein wertloses Stück geschnitztes Holz halte. Ich bin innerlich zerrissen, und diese Zerrissenheit macht mich ratlos. Aber wann», sagte er langsam und in Gedanken, «war ich jemals etwas anderes als ratlos? Man sagt, es gäbe eine unbedingte Freude am Leben, aber ich habe mir aus der Tatsache, daß ich lebe, nie einen zufriedenen Tag gemacht. Ich war in allem, was ich tat, immer nur auf der Suche nach – Gott. Und dies war mein Elend. Denn dies», fügte er hinzu, und nun schien er mit seinen Gedanken weit, weit weg zu sein, «verrät äußerste Geistesschwäche: Wenn man nicht erkennt, wie groß das Elend des Menschen ohne Gott ist.»

Die Spannung, die Koldehoff durch ein derartiges, für Sempert sicher ungewöhnliches, aber, und dem konnte er sich nicht entziehen, aus tiefster seelischer Befindlichkeit herrührendes Geständnis erregte, erreichte

nun die Grenzen des Erträglichen, und auch Annemarie, die wußte, zu welchen Geständnissen der Vater unter dem Eindruck solcher Stimmungen fähig war, begann unruhig auf ihrem Stuhl hin und her zu rücken, und sie hatte Grund zur Unruhe.
«Meine Anwesenheit ist vor Gott und den Menschen sicher unerheblich», sagte Koldehoff. «Aber vielleicht könnte ich der Welt ein warnendes Beispiel geben. Die Bibel ist ein naives, menschenfreundliches Buch, aber sie hat tausendmal recht, wenn sie behauptet: Es war unser Sündenfall, von jener Frucht zu essen, die uns ein für allemal die Augen geöffnet hat. Wir müssen umkehren. Wir müssen Gott neu erfinden und notfalls auf allen Verstand pfeifen», sagte er, wobei der umgängliche, fast komische Ausdruck *Pfeifen* einen sonderbaren Kontrast zu seinem ernsten, fast feierlichen Gesicht bildete. «Denn der Verstand rettet uns nicht», fügte er hinzu, nun auch immer mehr in jenen eindringlichen, verzweifelt-beschwörenden Ton verfallend, der Sempert von seiner morgendlichen Predigt in Erinnerung war. «Der Verstand rettet uns nicht», wiederholte er, «er nimmt uns zuletzt mit Sicherheit jede Hoffnung. Durch die Bibel bleibt der Mensch ein Wunder, durch die Naturwissenschaften wird er zu nichts, höchstens zu einem Häufchen Asche. Was würden Sie sagen ...»
Und nun war er auf dem Höhepunkt seines trauernden Selbstgefühls, das er gleichzeitig zu genießen schien. Seine Augen glänzten, den Kopf hatte er, wie im Versuch, doch noch zu triumphieren, erhoben, und Annemaries Gesicht verfärbte sich, denn sie wußte, welche Frage nun unausweichlich auf diesen fast fremden, ‹immer noch jungen Mann› aus Magdeburg niedergehen

würde, «... wenn ich dafür», sagte Koldehoff, «wie mein Zeitzer Kollege, ein handgreifliches Zeichen setze?»
«Was meinen Sie damit?» fragte Sempert.
«Wenn ich mich vor der Nikolaikirche in Stralsund verbrenne?»
«Ich hielte Sie für einen Wahnsinnigen», antwortete Sempert mit aufgerissenen Augen.
Aber schon war alles wieder verschwunden. Koldehoffs Gesicht verwandelte sich, er ließ von seinen selbstquälerischen Gedanken ab, lächelte verlegen.
«Nun seien Sie nicht so entsetzt», sagte er wie jemand, der einsieht, daß er in seiner Zumutung an den Gast zu weit gegangen war. «Es ist, wie meine Frau sagt, ich mache mir oft dumme Gedanken.»
«Sie wissen, daß Sie Ihre Umgebung mutlos machen können», sagte Sempert mit einem Blick auf Annemarie, die aufatmete, sichtlich erleichtert darüber, daß auch die düsterste Anwandlung des Vaters wieder einmal überstanden war.
«Ich ahne es», antwortete Koldehoff. «Zumindest ist mir die Gabe unbedingter Heiterkeit, die über alles Traurige hinwegsieht, nicht gegeben. Und manchmal spüre ich die Versuchung, einer gewissen Ermüdung nachzugeben. Jeder kennt sie, sie ist nichts Außergewöhnliches, und sie kommt spätestens, wenn man das Alter des ehrwürdigen Prinzen Hamlet überschritten hat. Vorausgesetzt», fügte er hinzu, «man hat etwas vom Prinzen Hamlet und dessen Ermüdung an sich, die übrigens nicht immer nur vom Übermut der Ämter kommt.»
Damit stand er auf, ging in die linke Ecke des Vierecks,

das der breitere Teil des Zimmers gegen die restlichen vier Meter Enge, der eigentlichen ‹Bibliothek› bildete, und nahm aus einer Vitrine ein silbernes Tablett mit geschliffenen Gläsern und einer Karaffe mit Likör, die er öffnete. Und während er behutsam, ohne zu fragen, ob überhaupt jemand Likör wünschte, drei Gläser füllte, sagte er, aber mit heiterer Gelassenheit, ohne seiner Stimme je einen Ausdruck des Bedauerns zu geben:
«Am meisten bedaure ich, daß Annemarie unter dieser Mutlosigkeit leidet. Denn ich liebe Annemarie, und ich wünschte, sie hätte genug Mut und Courage, sich dem Einfluß ihres Vaters zu entziehen. Sie liest neuerdings einen deprimierenden russischen Schriftsteller – Tschechow. Ich konnte seine Erzählungen nie bis zum Ende lesen, denn ich erinnere mich, daß bei ihm sogar die Jugend wenig Gründe zu leben entdecken kann. Nun, Annemarie findet noch weniger Trost als der Seelsorger Koldehoff, und sie kann einem derart melancholisch in die Augen sehen ...» Damit überreichte er ihr eines der gefüllten Gläser, das Annemarie etwas verlegen, aber gleichzeitig stolz über die auszeichnenden Worte des Vaters, entgegennahm. Und die Art, wie Koldehoff mit ihr, obwohl er sie ansah, in der dritten Person sprach, und die Besorgnis, die er so gutgelaunt, so unbesorgt über ihre allzu bereite Nähe äußerte, hielten sie um so sicherer in seinem Bann.
«Wenn sie wenigstens diese Einöde verlassen würde», sagte er. «Meine Frau möchte sie für einige Zeit in eine größere Stadt schicken. Ich bin sehr dafür. Und Sie glauben nicht, es wäre in diesem Lande, das vor allem, wie ich höre, der erkennenden Vernunft so viel öffentliches Interesse einräumt, eine naive, fröhliche Art zu

leben entstanden, die es zumindest einem achtzehnjährigen Mädchen erspart, vor der Zeit über die mangelhaften Gründe seiner Existenz nachzudenken?»
«Nein», antwortete Sempert und erschrak über den plötzlichen Einbruch an Unlust, an Verdrossenheit, der seine Lungen in der Brust festzunageln schien und ihm das Atmen schwermachte. «Die erkennende Vernunft hat, zumindest in diesem Lande, keine Vorstellung mehr davon, was Ihre Tochter und ich zum Leben brauchen. Es wäre nicht viel», hörte er sich sagen. «Es wäre, ich verstehe Ihre Auslegung des Evangeliums sehr gut, das Recht auf eine harmlose, menschenfreundliche Art der ... Ablenkung.» Dabei hielt er das Likörglas, das Koldehoff ihm gereicht hatte, in der Hand und sah auf seinen Gastgeber wie auf einen Hexenmeister und trank auch nicht, als Vater und Tochter, nachdem sie einander kurz zugeprostet hatten, ihr Glas mit einem Schluck leerten.
«Sie verstehen meine Auslegung des Evangeliums», sagte Koldehoff. «Aber täuschen Sie sich nicht. Man hat in Kassel wie in Stralsund den Kopf über mich geschüttelt, und ich weiß, höheren Orts redet man darüber, ob ich als Pfarrer überhaupt noch tragbar bin. Die Kirche fordert hier wie dort einen unbedingten, voraussetzungslosen Glauben, ohne zu wissen, warum wir allesamt diese freundliche, barmherzige Fata Morgana nötig haben. Aber», fügte er hinzu, indem er auf das volle Glas in Semperts Hand wies, «warum sehen Sie so betrübt aus? Sie müssen trinken.»

8 Am nächsten Morgen konnte Sempert das Bett nicht wieder verlassen. Er hatte sich beim Spaziergang vor dem Mittagessen unterkühlt und hatte ein heftiges Schütteln der Muskeln (ein untrügliches Anzeichen, wie er wußte, daß nun eine Erkrankung folgen würde) unterdrückt, und der Zwang zur Aufmerksamkeit, den er sich als Gast abverlangte, und die bis zur Aufregung gesteigerte Anteilnahme, die er den Lebensumständen der Familie Koldehoff entgegenbrachte, hatten die sich vorbereitende Krise überdeckt, aber nun lag er mit hohem Fieber, schweren, unbeweglichen Gliedern, auf fremde Hilfe angewiesen, in der Kate der alten Hanna. In der Nacht hatte ein Sturm, der von Westen her über die Elbwiesen in die kleine Ortschaft einfiel, Bäume entwurzelt, Dachziegel von den Dächern gelöst und auf das Pflaster klatschen lassen, und Sempert hörte fortwährend das «Ach, du lieber Gott!» und die ächzenden Bemühungen der alten Hanna, die immer wieder zu den Fenstern ging, um die Verriegelung zu prüfen, wohl aus Angst, der Sturm könnte sie aufreißen und in die Zimmer eindringen.
Sempert liebte die Naturgewalten des Wetters. Er hatte sich ihnen oft, besonders wenn es starken Wind aus Westen gab, auf Spaziergängen ausgesetzt, mit der nötigen Vorsicht, versteht sich, am liebsten auf freiem Feld, wo er vor herabstürzenden Ästen sicher war. Dann schauderte er gern und empfand so etwas wie demütigen Stolz darüber, daß er diesem Kreislauf als Ziehkind der gleichen Mutter, der Materialität, angehören durfte, und dann bedauerte er, daß der Pantheismus als, wie ihm schien, tröstliche, menschenfreundliche Anschauung dieser Welt nicht mehr möglich war.

In dieser Nacht allerdings hatte er andere Empfindungen. Er träumte mit der vehementen Vorstellungskraft des Fiebers, in jener Unentschiedenheit zwischen Wachheit und Halbschlaf, von seiner Kindheit. Aber es war eher ein Versinken ins Ungewisse von jenem Platz aus, den er noch vor Stunden zwischen Koldehoff und dessen Tochter eingenommen hatte, ein Versinken, in das er sich durch die orkanartigen Böen, die er deutlich hörte, hineingedrängt fühlte.
Er sah sich als Knabe an einem Gewässer, in dem, während er am Ufer zurückbleiben mußte, Erwachsene, die er offenbar kannte, aber nicht identifizieren konnte, mit fröhlichem, übermütigem Eifer badeten. Aber das Gewässer verdunkelte sich rasch, Gewitterwolken zogen auf, und nun saß Sempert neben eben diesen Erwachsenen unter einer Getreidepuppe und schrie mit einer Ausdauer und einer Untröstlichkeit, die nur kleinen Kindern gegeben ist, weil er fürchtete, der Donner würde ihn und alle Erwachsenen mit seinem aufblitzenden Licht erschlagen. Aber die Furcht verging, als er bemerkte, es war nicht der Donner, es war vielmehr eine knatternde, funkensprühende Maschine, die hoch über ihnen am Himmel vorüberflog, und Sempert stand wieder an dem Gewässer, das plötzlich zugefroren war und auf dem die Erwachsenen, die eben noch zusammengekauert den schreienden Knaben zu trösten versucht hatten, mit fröhlichem, übermütigem Eifer Schlittschuh liefen. Und hoch über ihren Köpfen flog immer und immerfort diese wunderbare Maschine, die Sempert mit den Augen verfolgte, bis sie den Horizont berührte und mit Getöse irgendwo aufschlug. Und nun geriet der Boden unter seinen Füßen in Bewegung, und

nun erst bemerkte er: Er befand sich längst nicht mehr vor dem Gewässer, sondern in der Küche der Mutter, und er wurde von einem Unbekannten auf den Knien geschaukelt, und vor ihm auf dem Küchentisch lag eine schwarze Mütze mit einem silberfarbenen Totenkopf, die er mit neugierigem, ehrfürchtigem Schaudern betrachtete, und der Fremde, der ihn so angenehm auf den Knien schaukelte, sagte: «So, das hat gebumst. Das Ding wird den Polen und den Russen einheizen. Wir werden ihnen beibringen, kleine Kinder zu schlachten.»

Sempert erschrak und erkannte, daß es die Stimme des Vaters war, unterließ es aber, den Kopf zu wenden, um dem Vater ins Gesicht zu sehen. Dies hätte auch kaum geholfen, denn Sempert hatte vergessen, wie der Vater in Wirklichkeit aussah. Ein Besuch des Vaters war selten und oft auf Stunden abgekürzt. Sempert wußte nur, daß er irgendwo weit fort an der Front gegen einen mächtigen Feind zu kämpfen hatte, von dem man sagte, er sei, wenn der Vater ihn an der Front nicht abwehrte oder überwältigte, durchaus in der Lage, selbst kleine Kinder mit dem Bajonett aufzuspießen. Daran dachte der Knabe nun, als er auf den Totenkopf starrte, und es wollte ihm nicht gelingen, etwas anderes zu empfinden, als ein Wundern darüber, warum überhaupt gekämpft werden mußte und was Erwachsene veranlassen könnte, ausgerechnet das Zeichen des Todes an ihren Mützen zu tragen.

Und so blickte Sempert schon damals, als vierjähriger Knabe, in die Abgründe menschlichen Denkens, das er später der Möglichkeit zur Vernunft wegen verehrte, ahnungslos darüber, daß, wenn diese Möglichkeit unerfüllt blieb, der Verrichtung eben dieses Denkens im Unvernünftigen ebensowenig eine Grenze gesetzt war. Und er hatte Glück. Zwar wurde auch er von den Ausmaßen dieses barbarischen Krieges wie andere seines Alters erfaßt und hin und her geworfen, aber er erlitt keine nennenswerte Schädigung, außer daß ihm der Vater mit dem verhängnisvollen Zeichen an seiner Mütze nach diesem letzten Besuch nicht wieder vor Augen kam. Aber er hatte diesen Mann kaum gekannt, und auch später, als er sich dessen Physiognomie an Hand einer zerknitterten Fotografie einzuprägen versuchte, blieb das Flüchtige, Unwirkliche dieser Erscheinung für ihn vorherrschend, und die allgemeine moralische Ächtung, die dem Signum der neueren Barbarei, dem silbernen Totenkopf mit den sich überkreuzenden Knochen, anhaftete, bewirkte bei Sempert, der den Willen zur Bosheit im menschlichen Intellekt leugnete, ein rasches, kühles, gleichgültiges Vergessen.

Ganz anders erging es ihm mit der Mutter. Ihre Nähe war für Sempert lebensnotwendig, und sie wurde ihm keine einzige Minute von der Seite gerissen. Sie deckte ihn regelmäßig, wenn die Szenerie des Schreckens auf der Flucht in die Heimat unerträglich wurde, mit einer Decke zu, so daß er die meiste Zeit seiner unmittelbaren Gefährdung verschlief, und auch als der Feind, den der Vater an der Front offenbar weder überwältigt noch zurückgehalten hatte, die ärmliche Wagenkolonne stellte und zur Rückkehr nach Osten zwang, zeigte sich kein blitzendes Bajonett, obwohl die Mutter wußte und oft darüber sprach, daß es anderen Orts anders und die Art ihrer Gefangennahme eine glückliche und vielleicht sogar eine unverdiente Fügung war.

Nun ging die Fahrt unter demütigenden Bedingungen zurück in die Gegend nahe dem Gewässer, über dem Sempert elf Monate früher die knatternde, funkensprühende Maschine gesehen hatte, jenes Geschoß, ‹V 1› genannt, das wenig später versagte und in eine Ortschaft eingeschlagen war, wobei es Opfer unter der Bevölkerung gegeben hatte. Aber es waren, wie Sempert die Erwachsenen argumentieren hörte, keine eigentlichen Opfer, sondern Polen, und Polen galten gemeinhin als minderwertig und in ihrer rassischen Besonderheit eher dem Sklaven als dem Herren verwandt. Niemand konnte also ihrem Tod jene Bedeutung beimessen, die ein Gefühl der Betroffenheit oder der Trauer gerechtfertigt hätte. Zu solch konsequenter, der Umwertung aller Werte verpflichteten Denkleistung, die auch die Erfindung der silberfarbenen Totenköpfe ermöglicht hatte, war der vierjährige Knabe natürlich noch nicht fähig. Ihm blieb nichts anderes übrig, als seiner Naivität, seinem natürlichen Augenschein zu folgen und mit all jenen Kindern zu spielen, die wie er Arme, Beine, einen kahlgeschorenen Kopf und den unbewußten Drang hatten, dies alles im Spiel gegen- und miteinander einzusetzen, was im Sinne der herrschenden Begriffswelt, von der Sempert aber noch nicht erfaßt und gelenkt werden konnte, selbstverständlich streng verboten war.
Und so blieben die neun Monate, die Sempert mit der Mutter in der Gefangenschaft verbringen mußte, für ihn ebenso unbeschwert wie die vergangenen sechs Jahre. Ja, vielleicht war diese letzte Zeit, in der die Mutter, vom Zustand des Herrenmenschen in den des Menschen zurückversetzt, in den Ställen und auf den

Feldern arbeiten mußte, Semperts schönste Zeit in diesem fremden Land, da er die Mutter bei all ihren Verrichtungen, die sie als Erniedrigung, er aber als Abenteuer empfand, begleiten durfte. So atmete er noch einmal und unwiederbringlich den Duft und die Weite eines polnischen Sommers, wenn er, während die Erwachsenen auf den Feldern Unkraut jäteten, das Brot und die Milch vom Gutshof für die Vesperzeit holen durfte, oder er stromerte, da er als einziges Kind das stacheldrahtumzäunte Geviert, das der Mutter und den ‹Schwarzmeerdeutschen› als Wohnstätte zugewiesen war, jederzeit verlassen durfte, an den Ufern der unzähligen kleinen Gewässer umher, in der Hoffnung, zwischen Binsen und Schilf einen Hecht in seiner unheimlichen Ruhe und Reglosigkeit beobachten zu können. Dies waren stille, verträumte Höhepunkte seiner frühen Kindheit, dies waren Stunden und Tage, die sich dem Knaben unauslöschlich einprägten.
Nur einmal, aber dies waren schon wieder Umstände, die durch die Unverständigkeit seines Alters gemildert wurden, mußte er erleben, wie man die Mutter schlug, oder wenigstens hörte er sie im Nebenraum, in den man sie befohlen hatte (sie schlief mit Sempert in einem Bett), jammern, und dies waren die Umstände, die Semperts Verständnis (fast könnte man sagen ‹Gott sei Dank!›) entzogen waren:
Die Mutter hatte sich irgendwann und irgendwo (es gab Zeiten äußerster Unruhe, in denen sie mit dem Sohn des öfteren Unterkunft und Behörde wechseln mußte) auf den Weg gemacht, um in einem benachbarten Gut eine Zuteilung Mehl und Öl abzuholen. Sempert folgte ihr in einigem Abstand, einen hohen Strohschober vor

Augen, den man inmitten einer abgemähten Ackerfläche aufgeschichtet hatte, und er war schon entschlossen, diesem verlockenden Gebilde, zumindest solange es der Abstand erlaubte, den einzuhalten ihm die Mutter befohlen hatte, einen Besuch abzustatten, als die Feuergarbe einer Maschinenpistole hinter eben diesem Schober hervorbrach, einmal, zweimal, ein drittes Mal, und sie war, Sempert fand keine Zeit, sich über diese Wahrnehmung zu entsetzen, eindeutig auf die Mutter gerichtet. Aber nun fiel, was der Knabe erwartete, nicht die Mutter zu Boden, sondern ein Fremder, den die Mutter, da sie dabei war, diesen zu überholen, vor Semperts Blicken abgedeckt hatte, und nun sah Sempert, wie statt der Mutter dieser Unglückliche, beide Hände, von denen die Rechte eine Krücke hielt, abwehrend in Richtung Strohschober ausgestreckt, mit dem Gesicht in den Staub fiel und dort stumm und ohne jeden weiteren Umstand – starb. Dies alles in der Abfolge einiger Sekunden, und nun geschah das für den Knaben Abenteuerlichste: Der Strohschober geriet in Bewegung, einige Bündel flogen hoch in die Luft, und zwei Pferde vor einem offenen Landauer jagten in Richtung des nahen Waldes, angetrieben von drei, vier wild gestikulierenden Männern in polnischen Uniformen, Sempert erkannte ihre viereckigen Mützen. Die Mutter stand ebenso wie der Sohn starr und verfolgte das Gefährt wie eine Geistererscheinung. Dann, als die Heckenschützen in dem Wald verschwunden waren, sahen beide auf den Toten wie auf ein Zeichen ihrer wunderbaren, ganz und gar uneinsehbaren Rettung.

Nun war aber diese Rettung den Wertvorstellungen der erst jüngst geänderten herrschenden Verhältnisse unangemessen, und der Tote war durchaus kein Äquivalent für das Leben einer zivilinternierten deutschen Mutter. Es war ein russischer Major, der für den weiteren Gang der Ereignisse dieser Welt ganz sicher auch von höherer Bedeutung war als der inzwischen siebenjährige Knabe, der derlei Vorgänge höchstens mit kindlicher Atemlosigkeit, wie, als handelte es sich um überlegene, bestaunenswert tödliche Spiele Erwachsener, verfolgen konnte. Die Mutter wurde scharfen Verhören durch Angehörige des russischen Militärs unterworfen, konnte aber ihre Unschuld durch besonders eindringliche Zeugenaussagen beweisen. Sie beschrieb in ihrer Not Details, die sie gesehen und solche, die sie nicht gesehen hatte, vor allem aber gab sie Auskunft darüber, daß es sich bei den Attentätern um Personen in polnischer Uniform gehandelt hatte. Dies wurde geahndet. Das russische Militär verhaftete in der näheren Umgebung polnische Zivilisten, und eines Tages hielt ein Lastwagen mit russischen Soldaten auch vor der Kate, die der Mutter und anderen Internierten als vorläufig letzte Unterkunft zugewiesen worden war. Und nun durfte Sempert erleben, wie sich zwei Soldaten abwechselnd, während ein Offizier abseits auf den Erfolg wartete, gegen die verschlossene Tür des polnischen Nachbarn warfen, die schließlich, am Schloß aufsplitternd, nachgab. Kurze Zeit später trat der Offizier, der die kleine Kammer durchsuchte, wieder ins Freie, eine Pistole in der Hand, die er offenbar gefunden hatte, denn nun warteten alle mit grimmigen Gesichtern auf den Unglücklichen, der sich einer solchen Unerlaubtheit schuldig gemacht hatte. Er kam, oder man hatte ihn herbeigeschafft, dies konnte die Mutter, die sich ängstlich in der Kate aufhielt, später nicht mehr in Erfahrung bringen, aber Sempert ging noch, da die Nähe und Zeugenschaft eines Kindes den Soldaten ebenso unverdächtig und unerheblich schien wie die Anwesenheit von Gänsen und Hühnern, eine Strecke Wegs mit der Gruppe, bis er, als die Soldaten einen Kreis bildeten und ihr Opfer, indem sie es in diesem Kreis hin und her stießen, einem ersten Verhör unterzogen, doch noch verjagt wurde.

Diese neuerlichen, über eine Woche andauernden Ereignisse, denen der Siebenjährige mit glänzenden Augen und vor Erregung geröteten Wangen zusah, hatten für die Mutter allerdings unangenehme, ja gefährliche Folgen. Denn wie das russische Militär die idyllische Szenerie der Seen, Wälder, der langgestreckten Katen, der Gutshöfe mit den hochaufgerichteten, hölzernen Kreuzen vor den Eingängen tagsüber beherrschte, so beherrschten Teile der national gesinnten polnischen Armee, die aus dem Hinterhalt der Wälder gegen die Russen kämpften, eben die gleiche Szenerie nachts, und was die Russen tagsüber mit Erfolg dekretierten, wurde nachts von den Partisanen mit ebensoviel Erfolg wieder geahndet. Und Semperts Mutter, die nun in ihrer Not und weil sie ihre Zeugenschaft über die Ereignisse vor dem Strohschober nicht hatte verleugnen können, immer und immer wieder alles Gehörte und Gesehene, obwohl es für ihre Ohren und für ihre Augen am allerwenigsten bestimmt war, vor den Russen zu Protokoll geben mußte, die Mutter wurde nun, weil diese Protokolle, so schien es der polnischen Nachbarschaft jedenfalls, den Russen als Handhabe für Repressalien dienten, von den Partisanen mit dem Tode bedroht.

Dies waren die Umstände, die sich Semperts Verständnis entzogen, aber der Knabe hatte doch Angst um die Mutter, die er im Nebenraum so herzzerreißend jammern und sich unter Tränen rechtfertigen hörte, und nur weil die Mutter es ihm eindringlich geboten hatte und weil das unheimliche Auftreten der Partisanen, die nachts ungeduldig und drohend gegen Tür- und Fensterläden bummerten, seine Vorstellungskraft eindringlicher beschäftigte, verließ er das Bett nicht, um sich, was er gern getan hätte, im Nebenraum schützend vor die Mutter zu stellen. Aber die Lage wurde ernst. Die Partisanen drohten der Verzweifelten, falls deren Beteuerungen und Rechtfertigungen sich als unhaltbar erweisen sollten, endgültig den Tod an, und nun wurden die örtlichen Behörden von den Russen angewiesen, Mutter und Sohn auf dem schnellsten Wege in Richtung Westen nach Deutschland ‹abzuschieben›. Erleichtert und doch voller Unruhe, daß sie den Wettlauf gegen die durch die Partisanen gesetzte Frist (sie konnten in jeder der noch verbleibenden Nächte wieder auftauchen) verlieren würde, packte die Mutter ihre Armseligkeiten und verbrachte mit Sempert die letzte Nacht, obwohl die Abfahrt des Zuges erst gegen Mittag des folgenden Tages angezeigt war, schon auf der kleinen Bahnstation.
Es war Anfang November. Fröstelnd, die trostlosen, flachen, mit Wintergetreide bestellten Felder, die holprige Straße mit den uralten, zurückgestutzten Weiden vor Augen, saß Sempert auf den Stufen des Bahnwärterhäuschens und wartete. Und als die wolkenverhangene Dämmerung endlich angebrochen war, sah er das Land, in dem er seine frühe Kindheit verbracht hatte,

zum letztenmal. Er vergaß, nachdem der Zug ihn in jene, der polnischen durchaus ähnliche Landschaft zurückgebracht hatte, die Unterschiede allmählich, obwohl nun durch die Kraft des Fiebers nach dreiunddreißig Jahren durchaus authentische, wenn auch äußerst vage, sofort wieder verblassende Zeichen der Erinnerung in seinen Träumen emporwirbelten.
Am Morgen, als der Sturm nachgelassen hatte und Sempert sicher wußte, daß eine Grippe ihn acht Tage ans Bett fesseln würde, blieb er erst einmal liegen, anstatt, wie er es vor Wochen noch unzweifelhaft getan hätte, schnellstens und möglichst unbemerkt die Heimreise anzutreten, um ja niemandem zur Last zu fallen. Zwar genierte er sich, als ‹immer noch junger Mann› unter den Augen einer hinfälligen, mit den allerletzten Gebrechen des Alters geschlagenen Greisin so hilflos dazuliegen, aber da das hohe Fieber und die Tatsache, daß jede Grippe, die Sempert durchzustehen hatte, auch ihn, zumindest für kurze Zeit, in die Nähe einer körperlichen Hinfälligkeit brachte, lächelte er der Alten mit einem Ausdruck von Vertrautheit zu und sagte, nachdem diese ins Zimmer getreten war und, den Mund halb geöffnet, mit verständnislosen, etwas ängstlichen Augen auf das fieberrote Gesicht ihres Gastes starrte: «Es ist nichts weiter. Ich brauche Tabletten. Annemarie wird sie mir sicher holen.»
Annemarie kam diesen Morgen später als sonst, und nachdem sie der Alten das Frühstück zubereitet hatte, trat sie zögernd an Semperts Bett. Der hielt die Augen geschlossen, bis er spürte, daß sie in seiner Nähe stehen blieb. Dann blickte er ihr, die gerade im Begriff war, sich über ihn zu beugen, ins Gesicht und bat sie mit lei-

ser, bewußt sachlich gehaltener Stimme, nach Gülze zu fahren und sich beim Arzt ein Präparat, das er genau bezeichnete, verschreiben zu lassen. Er hätte, fügte er hinzu, zwar Cousinen im Dorf, aber die würden sich belästigt fühlen, und so müsse er sich für diese Bitte entschuldigen. Er sei, vor allem in dieser Jahreszeit, besonders anfällig, wisse aber, wie man dergleichen am schnellsten überwindet.

Annemarie, die diese Erklärung halb ernst, halb lächelnd entgegengenommen hatte, schien an seiner neuerlichen, so hilflosen Lage Gefallen zu finden. Sie blieb für Augenblicke länger als nötig über ihn gebeugt und versprach mit ebenso leiser, ebenso sachlich gehaltener Stimme, alles zu unternehmen, was in ihren Kräften stand, und Sempert sah in ihren Augen das erste Mal etwas wie neugierige, spöttisch-aufmerksame Zuneigung. Das tat ihm wohl. Er spürte eine prickelnde Erregung vom Steißbein aus durch das Rückenmark bis in den Hinterkopf aufsteigen, und nun wünschte er, sie würde, da ihre gesunde, überlegene Nähe ihn erleichterte, auch noch ihre lange, feingliedrige Hand auf seine Stirn legen, um die Höhe des Fiebers abzuschätzen.

Aber dazu kam es nicht. Sie ging fort, am Mittag brachte sie belegte Brote, eine Tasse Brühe und ein großes Federkissen. Sie übermittelte Grüße vor allem von der Mutter, die sich sehr besorgt über Semperts Zustand zu äußern schien, aber offensichtlich nicht den Mut hatte, selber zu kommen. Die ganze Familie, so versicherte Annemarie, wünsche ihm baldige Besserung und Genesung, und sie würde nun nach Gülze fahren, um das Medikament zu besorgen. Sie hätte es längst getan, aber der Arzt würde seine Praxis, wie der Vater telefonisch

hatte erfahren müssen, erst gegen Nachmittag öffnen. Wie er sich fühle, und ob es noch zeitig genug sei.
«Aber ja!» antwortete Sempert. Und dies alles (er zeigte auf das Tablett mit der Brühe und dem Brot, auf das Federkissen, das Annemarie ihm, nachdem er sich aufgerichtet hatte, mit behutsamer Gründlichkeit in den Rücken stopfte), dies alles, versicherte er, sei wahrhaftig übertriebene Fürsorge. Er sei schließlich nur erkältet! Aber seine Ohren glühten, und die fiebrigen Schauer, die über seinen Rücken jagten, wollten nicht enden, solange das Mädchen um ihn herum derart liebenswürdig beschäftigt war.
Als Annemarie das Zimmer wieder verließ, sah er ihr nach und fand wie damals, als er sie das erste Mal gesehen hatte, daß sie trotz aller Magerkeit, aller Hochaufgeschossenheit federleicht ging. Er aß ein paar Bissen, nahm das Tablett aber bald von der Bettdecke und stellte es auf den Fußboden. Dann legte er sich in das Kissen zurück und verfiel in eine angenehme Lethargie.
Es schien ihm, als seien alle Fragen, vor Stunden noch Anlaß zur Beunruhigung, jetzt kaum der Rede wert und zur Klärung der eigenen und sonstigen Existenz überflüssig, da es offenbar genügte, einfach so dazuliegen und, Fragen hin, Fragen her, auf eine sinnliche, ganz und gar unbewußte Weise anwesend zu sein. Aber dieser Zustand von, wie Sempert fand, absolutem Wohlbefinden sollte nicht lange anhalten. Gegen Nachmittag verstärkte sich das Fieber, die Krankheit nahm an Wucht zu, und Sempert wünschte immer heftiger das Medikament herbei. Er wurde unruhig und hörte auf die alte Hanna, die im Nebenraum am Ofen saß und nach Perioden längeren Schweigens Selbstgespräche

führte. Plötzlich erschien sie in der Tür und fragte Sempert, ob er eine Tasse Kaffee wünsche.
«Nein, danke», sagte Sempert, aber sie ging doch zum Herd und begann im Halbdunkeln zu hantieren. Eine halbe Stunde später brachte sie eine dampfende Henkeltasse, die sie auf dem kleinen Tisch am Fußende des Bettes wortlos abstellte. Dann setzte sie sich auf den Stuhl, der dem Tisch beigegeben war.
Sempert arbeitete sich aus Höflichkeit, obwohl es ihm Mühe machte, in seinem Bett hoch und sah auf die Greisin, die ihren kaum mehr beweglichen Kopf immer noch aufrecht hielt. Ihre Hände lagen wie zurückgezogen in ihrem Rockschoß, die wäßrigen, glanzlosen Augen hatte sie gegen das sich langsam eindunkelnde Fenster gerichtet. So saß sie, zu keinem lebensbejahenden Reflex mehr willens oder fähig, als würde sie auf das allerletzte, allerentscheidenste Ereignis ihres langen Lebens warten, mit einem Anflug von Skepsis, als wüßte sie nicht, was sie davon zu halten hatte. Sie machte auch keine Anstalten, Sempert die Tasse mit dem Kaffee, den sie doch für ihn zubereitet hatte, ans Bett zu bringen. Sie hatte die ganze Sache offenbar vergessen, aber, indem sie nicht an den Ofen zurück ins Nebenzimmer ging, zeigte sie ihre Anteilnahme. Es war eine stille, selbstverständliche Solidarität mit einem Kranken, dessen Genesung sie wie jedermann aufrichtig herbeiwünschte, aber mit dem sicheren Wissen, wie zweifelhaft, wie vergeblich alle guten Wünsche in diesem Leben letzten Endes ausfallen müssen.
Sempert indessen fühlte sich durch die Anwesenheit der Alten in eine Kette beklemmender Assoziationen gedrängt, gegen die er, unter ständig steigendem Fie-

ber, ohnehin anzukämpfen hatte. Er begann zu reden, und die Greisin wuchs, je dichter die Dunkelheit wurde, zu einem bedrohlichen Monument vor seinen Augen auf. Ihr gleichmütiges Verharren, die leblose Zurückgezogenheit ihrer Hände, das versteinerte Gesicht, in dem nur die Augen nun, da Sempert immer lauter und rascher unzusammenhängende Worte hervorbrachte, zögernd vom Mittelpunkt in Richtung der linken Winkel hin und her wanderten, dies und was an Gedanklichkeit aus einer solchen Anschauung folgen mußte, nämlich: Daß hier ein Mensch, obwohl noch Leben in ihm pulste, über alle Zustände des Lebens so sehr hinaus war, und nun dadurch der eigene, um seine Besserung kämpfende Zustand in den Geruch einer vergeblichen, eitlen Bemühung geriet, dies alles steigerte Semperts Unruhe. Er wünschte nicht, daß seine Erkrankung in die Nachbarschaft einer derart sichtbaren, überfälligen Vergänglichkeit gerückt wurde, und je länger er auf die alte Hanna sah, je stärker wuchs in ihm die Angst, das Fieber könnte, bevor das Medikament eintraf, eine unzuträgliche Grenze überschreiten.
Er versuchte zuletzt, als jäh aufschießender Schüttelfrost sich seiner bemächtigte, aus dem Bett zu kommen und dieses Zimmer und die Nähe der Alten, koste es, was es wolle, zu verlassen. Er hatte auch schon, unter Hannas verständnislosen Blicken, die Bettdecke von sich geworfen und war dabei, mit beiden Füßen auf den Dielenbrettern vor seinem Bett, während die Finger sich noch am Laken festkrallten, ‹sicheres Land› zu gewinnen, aber dann brach er zusammen. Seine Gedanken verloren sich endgültig im Trüben, Unbestimmten, nun blieb er für längere Zeit in dem wogenden Auf und

Ab jener Bilderrätsel verwickelt, die besser als jedes geschärfte Selbstbewußtsein über die psychischen und sonstigen Belange des Menschen Auskunft geben können. Zehn Minuten später, als die alte Hanna immer noch bemüht war, Sempert, wenn schon nicht in das Bett zurück, so wenigstens unter die schützende Bettdecke zu bringen, war Annemarie mit dem Medikament zur Stelle.

9

Semperts Krankheit dauerte vier Wochen und änderte von Grund auf alles. Für Annemarie, die dem Fiebernden in den Stunden seiner Not nicht mehr von der Seite wich, für Elfriede Koldehoff, die ihre Schüchternheit überwand und mit flüchtig aufgebundenem Haar, offenem Mantel, der Aufgelöstheit ihrer äußeren Erscheinung nicht achtend, über die Dorfstraße zu Hannas Kate eilte, nachdem sie erfahren mußte, wie bedenklich es um ihren Gast, den ‹immer noch jungen Mann› aus Magdeburg, stand.
Koldehoff hatte, nachdem Hanna und Annemarie ratlos von dem sich Schüttelnden, Halbbewußtlosen abgelassen hatten, den Arzt aus Gülze herbeigerufen, und der nickte mehrmals und, wie den Anwesenden schien, besorgt mit dem Kopf. Er gab Sempert zwei Injektionen, ordnete die Einnahme des Medikaments an, ver-

sprach wiederzukommen und verließ Bernede mit der etwas rätselhaften Bemerkung:
«Hoffen wir, daß es hilft. Es wird helfen. Aber, wie gesagt, jeder Mensch hat nur ein Herz.»
Was sollte das bedeuten? Offenbar eine Grippe oder eine Lungenentzündung. Man vergaß in der Aufregung, den Arzt, der es eilig hatte, näher zu befragen, aber nun war die Betroffenheit natürlich groß. Jeder stellte gegen den anderen gerichtete Vermutungen an, wie es zu dieser Erkrankung hatte kommen können, da doch jeder verpflichtet war, auf das Wohlergehen des Gastes besonders zu achten. Koldehoff machte seiner Frau in Andeutungen Vorwürfe, derart: Ob sie nicht gesehen hätte, wie Sempert vor dem Mittagessen ohne Mantel und ohne Schal auf der hinteren Wiese spazierengegangen sei, und ob es denn nötig gewesen wäre, ihn nach dem Mittagessen wieder ohne Mantel und ohne Schal mit Annemarie in einem Wagen, in dem die Heizung nicht funktionierte, zu einer Fahrt nach Gülze zu nötigen, um (was sollte derartiges überhaupt!) Kuchen zu holen.
Elfriede Koldehoff nahm diese Vorwürfe auf sich, konnte aber ihrerseits nicht verheimlichen, daß es eher Annemaries Pflicht gewesen wäre, Sempert, da sie so oft in seiner Nähe war, auf seine unzureichende Kleidung aufmerksam zu machen, und sie unterstrich ihren Vorwurf mit der Bemerkung: Es gäbe Krankheiten, die vor allem aus Lieblosigkeit und Desinteresse der allernächsten Umgebung heftiger verliefen als normal.
Dem wurde nicht widersprochen. Über eine Tatsache war man sich einig: Das kalte, abweisende Benehmen Annemaries gegen Sempert konnte diesem nicht gleich-

gültig gewesen sein, da er schon einmal mit einem Strauß Blumen (bedeute dies, was es wolle) im Pfarrhaus erschienen war, und Annemarie nahm sich diesen Vorwurf, zumal der Vater ihn teilte, sehr zu Herzen. Sie war nun mehrmals täglich, aber auch nachts am Bett des Kranken. Sie wusch ihn, erneuerte die Kompressen, sorgte für frische Luft, flößte ihm Nahrung und Medikamente ein, benachrichtigte den Vater, wenn ihre Besorgtheit wieder einmal wuchs. Mehrmals sprach der Arzt davon, Sempert in ein Krankenhaus zu überführen, um die Tätigkeit seines Herzens unter Kontrolle zu halten, aber es kam nie dazu. So machte sich allein Annemarie um den ‹immer noch jungen Mann› aus Magdeburg verdient, und es konnte nicht ausbleiben, daß sie mit Semperts unmittelbarer, durchaus verfänglicher Nähe allmählich vertraut wurde: mit dem Anblick und der Berührung seiner Haut (die ihr, wie sie sich eingestehen mußte, nicht unangenehm war), aber auch mit der eigenen Courage, sich solch einem jungen Mann, vor dem sie sich nicht nur als Krankenschwester fühlen durfte, unbefangen zu nähern. Aber vor allem war es wohl doch Semperts müdes, dankbar verlegenes Lächeln, das ihre Zuneigung immer wieder erneuerte und ihr erstmals das Erlebnis einer Zustimmung ohne die Ambition des Intellektualistischen gab. Sie fand Gefallen an der romantischen Vorstellung, ihre Schuld (die es nicht gab, die die Mutter hintersinnig behauptet hatte, und die eine Erfindung der allgemeinen Betroffenheit war) durch besonders aufopferungsvolle Hingabe ungeschehen zu machen, und niemand war glücklicher darüber als die Mutter, die für die Genesung Semperts betete, aber unter dem heimlichen, uneingestandenen

Vorbehalt, sie möge lange genug dauern, um in ihrer Tochter natürlichere und, wie sie meinte, unumgängliche Lebensempfindungen zu wecken.

Dies war die Lage, die am Heiligen Abend und während der Feiertage ihren Höhepunkt erreichte. Denn nun brachte Annemarie statt einiger Tannenzweige, die sie der alten Hanna sonst jährlich aus gleichem Anlaß in einen Tonkrug gesetzt hatte, eine kleine Fichte. Sie wurde in Semperts Zimmer aufgestellt, liebevoll und, wie die alte Hanna meinte, mit viel zuviel Lametta geschmückt. Überhaupt fand die Greisin, die in der Tür stand und dem Aufwand mit einem Anflug von Eifersucht zusah, daß man um einen Kranken nicht allzuviel ‹Gedöns› machen sollte. Sie sei, behauptete sie, nicht abergläubisch, aber es seien ganz andere Leute gestorben, und diejenigen, für die man am meisten fürchtete, würden besonders lange leben.

In der dritten Woche, als Sempert unter Annemaries Pflege allmählich, allerdings zögernder als sonst, wieder zu Kräften kam, geschah es, daß das Mädchen, dessen pünktliches Erscheinen dem zeitlosen Einerlei in der Kate etwas Übersichtliches, Geordnetes gegeben hatte, plötzlich ausblieb. Es war morgens, eine halbe Stunde nach acht Uhr. Sempert hatte sich schon, was ihm immer weniger Mühe machte, mit dem Wasser in der bereitgestellten Schüssel gewaschen, die Alte saß seit zwei Stunden vor dem Fenster und bewegte ihre Lippen, aber ihre geduldigen Selbstgespräche halfen nicht. Annemarie war um zehn Uhr immer noch nicht erschienen. Endlich, um elf Uhr, kam die Pfarrersfrau und erklärte, Annemarie ließe sich entschuldigen, besser: Sie sei auch hierzu nicht in der Lage, sie hätte einen

Ohnmachtsanfall erlitten. Dies sei nichts Neues, darunter leide sie öfter, aber nun hätte sie das erste Mal Mühe gehabt, sich zu erholen. Sie sei mit dem Vater nach Ludwigslust ins Krankenhaus gefahren, aber gegen Nachmittag, das könne sie versichern, werde Annemarie hier wieder nach dem Rechten sehen.
Während sie dies sagte, stellte sie einen Korb mit Eßwaren auf den Tisch und sah mit genanter Zurückhaltung durch die offene Tür ins Nebenzimmer, wo sie Sempert vermutete, unterließ es aber, ihn zu begrüßen, oder sich nach seinem Befinden irgendwie zu erkundigen.
Ob denn geheizt sei, wollte sie wissen.
Nein, geheizt, antwortete Hanna, sei heute noch nicht. Aber das könne sie selber besorgen. Und auch den Kaffee für das Frühstück ... Sie sei heute unruhig und früh auf den Beinen.
«Gut», sagte Elfriede Koldehoff und ging, etwas überstürzt, was ihre Befangenheit verriet, wieder fort.
Für Augenblicke blieb die Alte, den vollen Korb vor Augen, unschlüssig stehen. Sie wartete, zögerte, bewegte auch ihre Lippen nicht, als müßte sie darüber nachdenken, was sie von der Mitteilung der Pfarrersfrau eigentlich zu halten hatte. Dann ging sie langsam in Richtung Nebenraum, blieb in der Tür stehen, sah Sempert bedeutungsvoll an und sagte:
«Siehst du, junger Mann, was hab ich gesagt?»
«Was meinen Sie», fragte Sempert.
«Daß die Gesunden schneller sterben als die Kranken.»
«Wovon sprechen Sie?» fragte Sempert.
Aber die Alte antwortete nicht. Sie drehte sich wieder um, ging zum Tisch zurück und begann die Brötchen, die Butter, die Gläser mit eingemachtem Obst, die in

dem Korb verstaut waren, auszupacken. Dann schlurfte sie zum Ofen und machte sich unter Mühen, aber stumm, ohne zu ächzen, mit Papier, Holz, zerbröckelten Kohlestückchen, die auf dem Ofenblech säuberlich ineinandergestapelt lagen, zu schaffen.
Später, als sie den Kaffee aufgebrüht und einige Scheiben Brot auch für Sempert zubereitet hatte, saß sie wieder wie an jenem Abend, als Sempert von dem ersten heftigen Fieber erfaßt und niedergeworfen worden war, neben dem kleinen Tisch am Fußende des Bettes und sah, während sie langsam und umständlich an dem Brot kaute, Sempert unverwandt an. Sie hatte kaum noch Zähne und schob das falsche Gebiß, das immer wieder zu verrutschen schien, mit den Lippen und dem linken Daumen in die richtige Lage zurück, und ihr Blick, so schien es Sempert jedenfalls, hatte etwas Endgültiges, Gesichertes, als hätte sie eben, als die Pfarrersfrau hier war, etwas erfahren, vor dem es sich erübrigte, weiterhin so ratlos und zerstreut, wie sie es sonst getan hatte, aus dem Fenster zu starren. Sempert, seelisch ausreichend erholt und, weil die zögernde, aber stetige Zunahme seiner körperlichen Kräfte nicht zu übersehen war, hatte nun auch jene abergläubische Angst, die ihm die ärmliche, bedrückende Umgebung und die Nachbarschaft der Alten eingegeben hatten, wieder verloren. Er erwiderte Hannas Blick, in deren Gesicht sich das Sonnenlicht, das durch das Fenster hinter seinem Bett ins Zimmer fiel, spiegelte, und nun fühlte er auch wieder den Übermut und die Selbstsicherheit desjenigen, der noch jung genug war und sich also, ohne daß er seine Neugierde fürchten mußte, nach den Befindlichkeiten eines so hohen, greisenhaften Alters erkundigen

durfte. Die augenscheinliche Vergänglichkeit dieser Frau mit seinem Blick musternd, wollte er nun wissen, und der Ton seiner Frage nahm die heuchlerische Mischung aus Ehrfurcht und Bewunderung vorweg, wie alt sie eigentlich sei.
«Neunundachtzig», antwortete Hanna.
Donnerwetter. Ob sie denn Kinder gehabt hätte ...
Nein, Kinder hätte sie nicht gehabt.
Aber einen Mann ...
Ja, einen Mann hätte es schon gegeben.
Ob der gestorben sei ...
Ja, sicher.
Wann ...
Das wüßte sie nicht mehr. Es war jedenfalls sehr früh.
Und danach ...
Danach sei alles so weitergegangen. Sie hätte ja ihre Nichte gehabt. Sie hätten immer zusammen gearbeitet.
Auf den Feldern ...
Ja, sicher, auf den Feldern.
Und wo die Nichte jetzt ...
Sie sei irgendwo. In Berlin. Wenn sie nicht schon gestorben sei.
Ja, ob die Nichte nicht ...
Nein. Sie hätte Marlieschen seit Jahren nicht mehr gesehen, sei ihr aber trotzdem nicht böse. «Marlieschen», fügte die Alte hinzu, «war eine fast nur wie Haut und Knochen. Und sie hatte zuletzt einen Kerl, der sie schlug.»
Sempert schwieg. Er war betroffen, mit seinen Fragen, die in Ansehung solch hohen Alters doch mit gewissen Erwartungen verknüpft waren, immer nur Zeugnisse äußerster Lebensarmut hervorzulocken, und er wagte nun nicht mehr, sich danach zu erkundigen, ob sie in

ihren neunundachtzig Jahren Bernede jemals verlassen hatte, aus Angst, sie könnte auch dies wie selbstverständlich verneinen. Trotzdem: Er konnte nicht glauben, daß diese Augen, die jetzt starr, wie leblos unentwegt auf ihn sich richteten, daß dieses vom Alter zerstörte, aber im Ausdruck der Arglosigkeit und der erlittenen Entbehrungen makellos gezeichnete Gesicht, daß diese fast schon erloschene Frau in ihren besten, bewußtesten Zeiten nicht etwas anderes empfunden und getan hatte, als ärmliche, sich wie zufällig bietende Gelegenheiten aufzugreifen (die sie ebensogut hätte vorübergehen lassen können), um sie dann, wie die offenbar trostlose Ehe mit ihrem Mann, rasch wieder zu vergessen.

Ob sie denn gern gelebt hätte, wollte er jetzt wissen.

Darauf gab sie keine Antwort.

Ob es in ihrem Leben Augenblicke gegeben hätte, an die sie gern zurückdächte ...

Ihr Blick wurde starrer. Es schien, als verstünde sie nicht, was mit derlei Fragen gemeint sei.

«Ja, aber», begann Sempert, in der Absicht, das, wie er meinte, altersschwache Denkvermögen der Greisin durch eine längere Erklärung aufzubessern.

Sie hoffe ja nun auf Gott, sagte die Alte plötzlich, denn was ihr hier in Bernede geschehen sei, sei ja nicht mehr gewesen als ein Wechsel von Regen und Wind. Und wenn es auch zufriedene Tage gegeben hat: Daß man immer älter werde und zuletzt den Hals nicht mehr wenden könne, wenn man auf der Straße angerufen wird, das könne ja der Sinn des Lebens nicht sein. Und soviel könne sie sagen, fügte sie hinzu, ob man kürzer oder länger lebe, sei im Grunde genommen ganz einerlei.

Wichtig sei, ob Gott der Herr dich nicht vergessen hat, denn ohne Gott werde auch von einem langen Leben am Ende kein Fingerbreit übrigbleiben.
Damit stand sie auf, verließ den Raum, stocherte mit einem Eisenhaken auf dem Ofenrost herum, kam nochmals zurück, um Teller und Tassen abzuräumen und ließ sich bis zum späten Nachmittag nicht mehr sehen.
Sempert verfiel wieder ins Grübeln, nachdem er der Alten bei ihren Handreichungen, die sie mit zittrigen Händen vollbrachte, zugesehen hatte, und er fühlte sich plötzlich von einem Gefühl ergriffen, das er nicht kannte und das er als Nächstenliebe beschrieben hätte, wenn er sich diesem Wort nicht (wohl aus Angst, sentimental zu werden) widersetzt hätte. Und so nannte er es, als er Klarheit darüber gewonnen und sich seiner Dauerhaftigkeit versichert hatte, ein Gefühl von Solidarität. Aber dieser Begriff, der ihm vertraut war und der in dem Staat, in dessen Machtbereich Sempert lebte, ein soziales Hilfeversprechen benennen und beschwören sollte, hatte nun im Anblick jener Greisin, die jede soziale, überhaupt jede zwischenmenschliche Bedürftigkeit hinter sich gelassen hatte, eine andere, ganz und gar private, untröstliche Bedeutung. Sempert fühlte sich der Alten, die täglich ihren Tod erwartete, ganz nah. Er verstand nun, welchen Trost die Gemeinde in der Kirche von Bernede jeden Sonntag zu finden hoffte. Sie alle, ob jünger oder älter, beschworen, wo nicht die Bedürftigkeit ihres Lebens, sondern ihr Leben selber in Frage stand, die Solidarität Gottes, der sie nie teilhaftig werden sollten, weil die Vorstellung von Gott, wie Sempert zu wissen glaubte, ein schöner, tröstlicher, aber leider vergeblicher Wahn war. Aber ebenso war

dieser Wahn, und Sempert erschrak über dieses Eingeständnis, lebensnotwendig. Er schämte sich, daß er der Alten eben noch mit Gründen der Vernunft aufhelfen wollte, da sie doch die erbärmlichen Belange ihres Lebens mit stoischem Gleichmut ertragen hatte und dabei nicht auf jene Stufe der Gedankenlosigkeit herabgesunken war, die er an sich selber jetzt zu erkennen glaubte. Denn hatte er sich nicht (und mit ausdrücklicher Berufung auf die Vernunft) damit begnügt, die Belange des menschlichen Lebens ausschließlich aus der sozialen, nie aber aus der metaphysischen Bedürftigkeit zu erklären? Und war das ohne jede Ambition, nur aus der eigenen, privaten Befindlichkeit gesprochene Eingeständnis der Alten (sie hoffe ja nun auf Gott) nicht tausendmal ehrlicher, als jener unbedingte Wille zur Aufklärung, der in einem öden, selbstgerechten, lebensbejahenden Materialismus endet, ohne Fähigkeit zur Demut, zur Trauer, im Vergessen all dessen, was auch das fröhlichste Leben am Ende vergänglich und damit unrettbar hoffnungslos macht? Aber das schlimmste war offenbar dies: Sempert erkannte (und je weniger Gründe er fand dies zu bezweifeln, desto mehr schämte er sich), daß er das erste Mal der Vergänglichkeit eines Menschen zusah, er, der sich in den Höhen des Begriffs immer nur aufgehalten hatte, um alle Bemühungen, die der Vergänglichkeit ihre Gewißheit nehmen sollten, erbarmungslos als Hirngespinste und finsteren Aberglauben zu widerlegen. Und auch er hatte (wie der Staat, in dessen Machtbereich Sempert lebte), mit dem Hinweis, das Leben der Gemeinschaft aus Prinzip zu bessern, vor dem Leben des einzelnen immer wieder und mit Bedacht beide Augen zugedrückt und hatte so, befangen in einem anderen, allerdings hochmütigen, menschenfeindlichen Wahn, übersehen, daß es ein Leben der Gemeinschaft nicht gab und daß, selbst wo das Glück des einzelnen das erklärte Ziel der Vernunft war, dies immer mit der traurigen Gewißheit, daß sich am existentiellen Unglück des einzelnen nie etwas besserte, zu geschehen hatte.

Dies alles bedachte Sempert. Er lag ganz still und erinnerte sich an eine Bemerkung Pascals, in der dieser sein Erstaunen darüber zur Kenntnis gegeben hatte, daß Gegner der christlichen Lehre immer fröhlicher und selbstbewußter wurden, je mehr sie zu erkennen glaubten, daß der Tod, da sie Gott leugneten, nichts weiter als eine endgültige Vernichtung war. ‹Ich bin zufällig für kurze Zeit entstanden›, dachte er, ‹und ich werde nie wieder sein, und der Hinweis auf andere, ebenso zufällige Existenzen tröstet mich nicht. Ich bin das, was sie nicht sind, und die Welt wird für mich, indem ich verschwinde, ebenso verschwinden, und hierüber ein Wissen zu haben, wäre dies nicht ein Wissen, das unrettbar an seiner eigenen Unwiderruflichkeit zugrunde gehen müßte? Ja, so ist es›, dachte er. Und dies war also die ‹Landschaft›, die hinter jenem ‹Tor› in seinem Innersten sichtbar wurde: Daß auch seine Fähigkeit zur intellektuellen Anschauung der eigenen und sonstigen Natur eine Fehlkonstruktion, eine Verirrung eben dieser Natur war, die für den, der mehr wollte, als sein Leben in gedankenloser, stupider Sinnlichkeit hinter sich zu bringen, zum Verhängnis werden mußte. Denn:

‹Alles was besteht,
Ist wert, daß es zugrunde geht!›

Aber sollte ausgerechnet der Einsichtige, Feinsinnige,

Empfindsame, der unfähig war, über die Sinnlosigkeit seiner Existenz zynisch hinwegzusehen, für diese Feinsinnigkeit, Empfindsamkeit, Einsichtigkeit, besonders bestraft werden? Sempert schauderte. Und je länger er über die Blindheit, die Gleichgültigkeit des Materiellen, in denen auch er sich eingebettet sah, nachdachte, desto stärker empfand auch er, wie sehr gerade dem nüchternen, illusionslosen, rein auf das Erkennen gerichteten Verstand jene Sehnsucht nach Metaphysik als Bedürftigkeit beigegeben war, der Koldehoff, wohl in Anlehnung an Pascal, über der Tür zu seiner Bibliothek Ausdruck gegeben hatte:
«Dies verrät äußerste Geistesschwäche, wenn man nicht erkennt, wie groß das Elend des Menschen ohne Gott ist.»
‹Wie wahr›, dachte Sempert, aber er weigerte sich zuletzt, daran zu denken. Er spürte plötzlich einen Heißhunger, eine Sehnsucht nach Gedankenlosigkeit. Er wollte, ohne zu wissen, was dies im Augenblick nun auf sich hatte, einfach an nichts mehr denken und – leben. Gleichzeitig bekam er Angst, es könnte dafür zu spät sein, weil er schon die meiste Zeit seiner Jahre einsam und in allzu dünner Luft verbracht hatte, und auch die Aussicht, nach Magdeburg zurückzukehren und mit seiner Arbeit strebend (ja, immer nur strebend) fortzufahren, erschien ihm mit einemmal schal. Er nahm einen Spiegel, der über dem Kopfende des Bettes angebracht war, von der Wand und begann, was er vor Wochen noch verabscheut hätte, sich darin eingehend zu betrachten. Und nun verfiel er, unvorbereitet und ohne Absicherung durch die Hohe Schule der Hypochondrie, in Selbstekel. Er sah eine, nun durch die Krank-

heit zusätzlich entstellte, aber auch sonst unübersehbar mit Anzeichen der Erschlaffung versehene Haut, und dies und die Falten, die sich von den äußeren Augenwinkeln bis zu den Schläfen, schon mit der Tendenz herabzuhängen, gebildet hatten, und der zurückweichende Haaransatz, der dem Gesicht etwas Weiches, Schwächlich-Nachgiebiges gab, dies alles genügte, um in ihm Assoziationen von Vergänglichkeit, Verfall, Abstieg zu wecken, und er fand, indem er seinen ersten Eindruck übertrieb, daß er es eher verdient hätte, das Zeitliche zu segnen, als die alte Hanna, deren Haut trotz ihres hohen Alters etwas Festes, Gesichertes, durch Wind und Wetter gleichsam Abgehärtetes hatte.

Unter solch abwegigen Eindrücken noch betroffener gestimmt, wartete er nun auf den Nachmittag und auf das Erscheinen Annemaries, und indem er auf den Schatten des Fensters sah, der sich im Hintergrund des Zimmers abhob und allmählich, mit zunehmender Dämmerung, flacher und undeutlicher wurde, träumte er mit der Unbedenklichkeit, der ungenierten Freiheit heimlicher Wünsche von Dingen, die er ehemals, und dies war nicht lange her, als Inbegriff des Durchschnittlichen, Spießigen, Idyllischen belächelt und abgelehnt hatte. Er wollte Annemaries Zuneigung gewinnen und Verpflichtungen eingehen, weit unter den Anforderungen seines Ehrgeizes, und nun schien ihm auch eine Existenz hier in Bernede, wie Koldehoff sie führte und wie dessen Frau Elfriede sie wohl als Lebensideal verstanden wissen wollte, nicht mehr unverständlich.

Wenn es so ist, dachte er mit einem Anflug von Galgenhumor und um sich selbst seiner hochgespannten Lebensabsichten wegen zu kränken, daß wir allesamt spurlos in den Kreislauf der Natur zurückkehren, wäre ein Leben auf dem Friedhof, ohne ewige Suche nach dem Sinn, geradezu weise! Nur die Verkündigung des Evangeliums hätte er dann, aus Unlust, seinem Gewissen und seinem Intellekt zu widersprechen, nicht leisten wollen.

Am späten Nachmittag, noch vor Einbruch der Dunkelheit, kam wieder die Pfarrersfrau und erklärte: Annemarie ließe sich nochmals entschuldigen, aber die Untersuchung hätte lange gedauert. Es sei aber, wie Koldehoff ihr am Telefon ausdrücklich versichert hätte, nichts Nennenswertes vorgefallen, und nun seien beide schon auf dem Rückweg nach Bernede. Sie wirkte entschlossener, weniger gehemmt als am Vormittag, sicher auch, weil sie nun wußte, daß ihrer Tochter nichts Nennenswertes geschehen war. Sie brachte eine Mahlzeit aus Kartoffeln, gekochtem Fleisch, Meerrettich und Suppengrün, und Sempert, der das erste Mal und weil er auf dieses Essen hatte warten müssen, kräftig zulangte, erkundigte sich nach Annemarie in einem derart vertrauten, besorgten Ton, als würde er bereits von seiner Verlobten sprechen, und dies war eine Entdeckung, die der Mutter zuletzt doch noch rote Flecken ins Gesicht trieb. Sie beobachtete, indem sie sehr geschäftig das Geschirr abwusch, das Bettzeug ausklopfte, das Zimmer lüftete, dabei aber vermied, daß ihre Blicke einander begegneten, ihren Gast, den ‹immer noch jungen Mann› aus Magdeburg, und sie fand, daß er zwar blaß und abgemagert war, aber zweifellos, und dies zeigte sein Appetit, die Krankheit hinter sich gelassen hatte. Vor allem aber glaubte sie, bei ihm Anzeichen von Vertrautheit, von Eingewöhnung entdecken zu können. Zumindest lächelte er ihr, die dies nicht zu beachten schien, auf eine einverständige Art zu, und seine Unruhe und entschlossene Reserviertheit, die sie oft irritiert und die deutlich gezeigt hatten, wie fremd, vielleicht sogar albern er sich in dem Milieu einer Pfarrstube vorkommen mußte, waren, so schien es ihr jedenfalls, verschwunden. Und so ging sie, nachdem sie den Korb wieder an sich genommen und den beiden ‹Katenbewohnern› eine gute Nacht gewünscht hatte, mit hochgestimmten Gedanken, erregenden Hoffnungen in ihre Pfarrstube zurück, wo der Bruder auf sie wartete, der sich, was ihr übrigens mißfiel, immer noch besorgt nach dem Befinden Annemaries erkundigte.

10

Am nächsten Morgen (endlich!) sah Sempert die vertraut gewordene, hochaufgeschossene Gestalt mit dem schulterlangen Haar wieder. Sie lächelte müde, ihre Blässe wirkte weniger anziehend als sonst, aber ihre Augen irrlichterten wie eh und je. Sempert fühlte sich, kaum daß sie eingetreten war, freudig erregt, ja er wußte selbst nicht, wo ihm dieser lockere, übermütige, anzügliche Ton plötzlich herkam.

Was sie denn für Dummheiten mache, wollte er wissen. Einfach so in Ohnmacht zu fallen. Sie wisse doch, daß

sie ihm jetzt und für künftige Zeiten unentbehrlich geworden sei!
Darauf antwortete sie keineswegs hochmütig und jungmädchenhaft abweisend, wie er es von ihr gewohnt war. Sie setzte sich, nachdem die üblichen Handreichungen erledigt waren, auf eben jenen Platz, auf dem die alte Hanna gesessen hatte, und nun sah sie ihn nachdenklich an. Sie erzählte unaufgefordert, was ihr im Ludwigsluster Krankenhaus geschehen war. Sie möchte, versicherte sie, dergleichen nicht noch einmal zu überstehen haben. Aber letzten Endes sei ihr, fügte sie hinzu, wenn man es recht bedenke, nichts Unnatürliches passiert.
«Na also», sagte Sempert. «Dann sei froh. Ich freue mich, daß du wieder da bist.»
«Ich ebenfalls», antwortete sie und schwieg und blieb eine Weile so sitzen, immer zu ihm hinsehend. Sie schien an etwas zu denken, das sie nicht ausgesprochen hatte, aber Sempert hatte nicht das Gefühl, daß sie sich dadurch wieder von ihm entfernte, im Gegenteil: Auch er dachte, indem er zu ihr hinsah, an andere, entferntere Dinge, und mit dieser schweigsamen, abgeklärten Vertrautheit, die es nicht nötig hatte, ihre Gründe irgendwie besonders zu erklären, schien das Eis gebrochen. Nach einer halben Stunde, nachdem Annemarie gegangen war, mußte sich Sempert, der fast den ganzen Tag über aufrecht im Bett gesessen hatte, hinlegen. Die Arme, die Beine wurden ihm schwer, aber es war keine beunruhigende, sondern eine angenehme, erlösende Mattigkeit, der er gern nachgab, und seine Gedanken waren, während er schon Mühe hatte, ihnen zu folgen, immer noch staunend mit dem Umstand, daß dieses Mädchen sich über Nacht so sonderbar verändert hatte,

beschäftigt. Und indem er noch hoffte, daß er dieses Haar, diese feingliedrigen Hände nun nicht mehr aus der Distanz auf sich einwirken lassen, sondern auch berühren durfte, schlief er ein. Er schlief lange, ruhig, tief bis in den nächsten frühen Vormittag, und als er die Augen aufschlug, stand Annemarie schon wieder neben ihm im Zimmer.

Dies war ein Zustand, der ihn glücklich machte. Aber nun folgte ein Zustand, der an der gegenseitigen Vertrautheit nichts änderte, aber in dem die Unentschiedenheit doch etwas zu lange dauerte. Keiner von beiden schien in der Lage oder entschlossen, sich dem anderen eindeutiger und verfänglicher zu nähern. Die ersten Spaziergänge, die sie zusammen unternahmen und auf denen Sempert noch eine wacklige Figur abgab, waren angefüllt mit bedeutsamem Schweigen, tröpfelnder Konversation und mit heimlicher Erwägung, ob man nun die Hand des anderen endlich ergreifen oder ob man dies als unangemessene Albernheit zu unterlassen hatte. Besonders Sempert litt unter der Tatsache, daß er, obwohl durch seine fast väterliche Überlegenheit begünstigt, so viel Mühe hatte, ein achtzehnjähriges Mädchen, das erwartungsvoll und auffordernd neben ihm herging, endlich körperlich zu berühren.

Dann, nachdem er eine Woche lang die besten Vorsätze gefaßt, aber unausgeführt gelassen hatte, riß er Annemarie plötzlich an sich. Das Ganze ähnelte einem nervösen, hastigen Überfall. Er versuchte, wohl in Erwartung ihrer Gegenwehr, sie gewaltsam zu küssen, und es dauerte lange, bis er merkte, daß sie diesen Versuch ebenso hastig und nervös erwiderte. Und als dieses letzte gegenseitige Eingeständnis nun endlich getan war und beide von dem Zwang ihrer Erregung nicht wieder loskommen konnten, wunderte sich Sempert, wie eilig Annemarie es hatte, ja wie ungeduldig sie darauf bestand, hier in der freien Natur, durch kahles Gestrüpp nur mangelhaft versteckt, zur intimsten Berührung zu kommen. Sempert tat ihr den Gefallen, obwohl er sich genierte und von der störenden Vorstellung nicht loskommen konnte, daß sie bei ihrer Umarmung beobachtet wurden. Und auch in der Kate noch, nachdem die Anfangsschwierigkeit überwunden war und sie einander täglich und immer vorbehaltloser begehrten, hatte er lange das Gefühl, etwas Verbotenes zu tun.

Annemarie kam jeden Abend, sobald sie Grund zu der Annahme hatte, daß Hanna bereits schlief. Sie schlich sich an deren Bett vorbei, und die Alte, die sehr wohl bemerkte, daß Annemarie ihre Krankenbesuche auf eine ungewöhnliche Zeit verlegt hatte, tat ihr den Gefallen und stellte sich schlafend. Nur hin und wieder erschreckte sie die Liebenden, die nebenan miteinander flüsterten, indem sie sich, wenn der Schleim in ihrer Kehle wieder einmal nicht rücken wollte, laut räusperte, oder sie rief ihr aufseufzendes ‹Ach, du lieber Gott›, und dies waren nun wieder Augenblicke, in denen Sempert seine Skrupel nicht zerstreuen konnte. Er empfand, wie unmöglich es war, mit der Tochter seines Gastgebers, die den Auftrag hatte, ihn gesund zu pflegen, nun an eben jenem Ort, wo man die Stätte seiner Leiden vermutete, mit wiedergewonnener Gesundheit herumzulottern. Es irritierte ihn, wie rasch und bedenkenlos Annemarie die bewunderte Nähe ihres Vaters, von der sie sonst keinen Fingerbreit gewichen war, ver-

lassen hatte (zumindest verlor sie, was außergewöhnlich war, über Koldehoff kein einziges Wort), um sich der Liebschaft mit ihm, Sempert, den sie vor Wochen noch schnippisch und als dem Vater in keiner Weise ebenbürtig behandelt hatte, hinzugeben. Vor allem aber konnte Sempert von der Vorstellung nicht loskommen, die Alte würde nebenan, während sie hier die angenehmen Dinge des Lebens auf die Spitze trieben, unbemerkt und in all ihrem Elend sterben.
Als er mit Annemarie darüber sprach, daß es doch eigentlich Zeit für ihn sei, Bernede wieder zu verlassen, da er die Gastfreundschaft ihres Vaters, die doch nur Tage dauern sollte, durch seine Krankheit überstrapaziert hätte und da es niemand zuzumuten sei, darauf länger Rücksicht zu nehmen, reagierte sie betroffen, verließ Bett und Zimmer und blieb vierundzwanzig Stunden fort. Am übernächsten Abend, als Sempert schon mit dem Packen seiner Sachen beschäftigt war, kam sie wieder, verschloß vor der Alten, die Sempert vom Ofen aus beim Packen zugesehen hatte, ohne Umstände und ohne ein Wort der Entschuldigung die Tür, und Sempert, der aufatmete, der vierundzwanzig Stunden qualvoll unter seiner Ungewißheit gelitten hatte, schloß sie wieder in die Arme.
«Jetzt ...» versicherte er überschwenglich, konnte aber seine Absicht nicht näher erklären. Sie entwand sich ihm, verschloß ihm dabei den Mund und sagte:
«Vater möchte, daß du morgen um elf zu ihm kommst. Er wird alles Nötige mit dir besprechen.»
Und als er sie nochmals fassen, als er seine Zustimmung, sich auch dem Vater gegenüber zu erklären, mit einer weiteren Umarmung bekräftigen wollte, war sie

schon aus dem Zimmer. Er sah noch, wie sich ihr Haar durch die heftige Bewegung, mit der sie sich losriß, hoch aufbäumte, wie ihre langen, hageren Hände die Tür, die auf die Straße hinausführte, öffneten. Er spürte, nachdem die Tür wieder geschlossen war, einen raschen, eisigen Luftzug, und er hatte Mühe, seine Erregung, wenigstens für den Rest der Nacht, einigermaßen zu bändigen.

In der Nacht schlug das Wetter um. Der nächste Morgen brachte, nachdem wochenlang Frost geherrscht hatte, frühlingshafte Temperaturen. Der Wind, der den Wechsel einleitete, hatte sich aber gelegt. Der Himmel war mit hellgrauen, tiefliegenden Wolken bedeckt, die sich mühsam in Richtung Osten fortbewegten. Die Straße, bis in die Tiefe gefroren, bildete Wasserlachen über dem Eis. In dem kahlen, schmutzigen Geäst einer Linde saß ein Fink, der, wie zögernd, als würde er der verhangenen Stille nicht trauen, sein monotones Geräusch von sich gab. Man kennt diese Stimmung, in der der Winter, meist um die Hälfte des Februar, den Atem anzuhalten scheint.

Um elf Uhr, zur verabredeten Zeit, ging Sempert, indem er den Wasserlachen auswich, den Weg zum Pfarrhaus entlang. Am Schuppen, so schien es ihm, tauchte Annemaries Gestalt auf, oder er hatte sich durch seine angespannte Erregtheit täuschen lassen, denn als er sich seiner Wahrnehmung vergewissern wollte, war sie wieder verschwunden.

An der Tür erwartete ihn Elfriede Koldehoff. Auch sie konnte, wie Sempert, ihre hochgespannte Erwartung nur mühsam verbergen. Sie sprach kein Wort, machte statt dessen den Versuch, sozusagen als Mutter der

Braut, nachsichtig zu lächeln. Aber indem sie ihm im Korridor vorausging, waren ihre Schritte doch zu hastig, und sie streifte mit der linken Schulter den Türpfosten, und als Sempert an ihr vorbei in die Stube trat, sah er, daß ihre Hände, die sie ineinandergelegt gegen den Leib gepreßt hielt, zitterten. Am anderen Ende des Korridors, in der Tür zur Küche, sah Sempert noch das feixende Gesicht des Jungen, in der Stube erhob sich der Bruder, der das erste Mal freundlich, oder besser mit betont distanzierter Hochachtung grüßte, wobei er einige Schritte vom Ofen wegging, als wollte er die Tür zur Bibliothek, die offenstand, noch einmal ausdrücklich freihalten.

«Gehen Sie hinein», sagte Elfriede Koldehoff jetzt mit feierlicher Stimme. «Mein Mann erwartet Sie. Und wir freuen uns, daß Sie wieder gesund sind.»

Sempert betrat die Bibliothek. Vor dem Fenster stand Koldehoff. Er kam Sempert, kaum daß dieser die Schwelle übertreten hatte, mit raschen, energischen Schritten entgegen, schloß die Tür zur Stube und bat ihn (und hier schon hatte Sempert das Gefühl, er dürfte seine hochgestimmte, feierliche Erwartung, die von dem Rest der Familie geteilt wurde, nicht fortsetzen), bat ihn, auf einem der Stühle aus Korbgeflecht Platz zu nehmen.

«Sagen Sie nichts», fügte er hinzu und ging zum Fenster zurück. «Es wäre gut, wenn wir uns einen Augenblick schweigend besinnen.»

Sempert setzte sich, und nun schwiegen beide. Wie lange dies dauerte, wußte Sempert nicht zu sagen. Er ahnte nur, daß in diesem Mann, der ihm den Rücken zugewandt hatte, etwas Entscheidendes, den eigenen Gefühlen und Absichten Widersprechendes vor sich ging. Aber Sempert, der die Nacht unter Spannungen durchwacht hatte, konnte unmöglich zu jener Ausgeglichenheit oder Gelassenheit zurückfinden, die Koldehoff von ihm offenbar zu fordern schien. Seine Erregtheit steigerte sich statt dessen. Er fühlte, wie er, je länger dies Schweigen dauerte, immer unfähiger wurde, einen krampfähnlichen Zustand in der Gegend des Magens niederzuhalten.

«Sie haben intime Beziehungen zu meiner Tochter», sagte Koldehoff plötzlich und wandte ihm das Gesicht zu.

«Ja», antwortete Sempert.

«Und ich würde mich nicht wundern, wenn meine Frau Sie dahin gebracht hätte, eine Verlobung zu wünschen.»

«Was wäre daran verwerflich?» fragte Sempert.

«Ich mache Sie darauf aufmerksam», sagte Koldehoff, «daß Annemarie nicht mehr lange zu leben hat.»

«Wieso das?» entfuhr es Sempert.

«Sie leidet an einer unheilbaren Krankheit. Sie würde ihre Verlobung, selbst wenn wir uns beeilen, nicht mehr erleben.»

«Davon sagt aber Ihre Frau nichts», antwortete Sempert, indem er versuchte, diese Überrumpelung abzuwehren, und auch weil er vermutete, Koldehoff würde eine solch makabre Ausrede gegen ihn anwenden, um seine Tochter, wofür er Verständnis hatte, nicht an einen Fremden, auch wenn dieser die schmeichelhafte Bezeichnung Schwiegersohn erhalten würde, zu verlieren.

«Meine Frau soll davon nichts erfahren», sagte Kolde-

hoff. «Oder erst im letzten Augenblick. Was mich beruhigt, würde sie erregen. Denn sie hat ja, was das Leben betrifft, noch immer irgendwelche, na, sagen wir mal, unverbesserlich praktische Ideen.» Dabei lächelte er, und Sempert erstarrte.
«Das ist nicht Ihr Ernst!»
«Das ist mein vollkommener Ernst», sagte Koldehoff.
Und nun saß Sempert wie vernichtet da, unfähig, sich irgendwie zu bewegen oder wenigstens seinen Beinen einen Reflex abzuringen, damit er aus diesem Zimmer fliehen und das Freie wiedergewinnen konnte. Denn der Triumph in den Augen Koldehoffs, den dieser nicht verbergen konnte, darüber, daß der Tod die auf das Leben gerichteten Bemühungen seiner Frau und auch die Absichten Semperts so früh ad absurdum führen sollte, diese aufblitzende, lebensfeindliche Genugtuung ließ keinen Zweifel daran: Dieser Mann sagte die Wahrheit. Und so begannen in Semperts Kopf, inmitten aller Bewegungslosigkeit, jene Gedanken zu kreisen, auf die er sich durch Koldehoffs Mitteilung verwiesen sah.
Es waren zunächst bilderlose, schmerzhafte Empfindungen wie diese, daß er, wie er nun wußte, zu seinem Wohlbefinden das blonde, schulterlange Haar und den Geruch allernächster, einander alles vertrauender Nähe, aber auch die eigenartige Blässe und die irrlichternden Augen Annemaries nötig hatte und daß er von alledem so rasch nicht wieder würde lassen können, da er sich durch seine Krankheit wie ein Ertrinkender daran festgeklammert hatte, und auch, weil ihm viel, wie er jetzt wieder nachhaltig spürte, von seiner unbekümmerten, allein der Kraft seines Verstandes vertrauen-

den Art verlorengegangen war. Dann vergegenwärtigte er sich, wie um in seiner Not einen Zeugen anzurufen, das enttäuschte, hochrote, von Flecken übersäte Gesicht der Mutter, und die Erinnerung an die unsichere, verschämte, aber dann wieder so unnahbare, ernste Art, mit der diese Frau auf die Beziehungen Annemaries zu dem ‹immer noch jungen Mann› aus Magdeburg gehofft, ja über sie gewacht hatte, machten ihm Tochter und Mutter für einen Augenblick ununterscheidbar. Aber dann, nach dem Schmerzhaften seiner Empfindung, der Angst vor dem angedrohten Verlust all dessen, was in seinem Gemüt schon so sehr und, wie ihm schien, ein für allemal eingebettet war, beherrschte ihn, obwohl er sich dessen schämte, Reue, so etwas wie Betroffenheit darüber, daß er eine vom Tod Gezeichnete überhaupt berührt hatte. Nun waren ihm die eigenartige Blässe, die irrlichternden Augen, das schulterlange Haar, der Geruch allernächster, einander alles vertrauender Nähe nur noch Anlässe, Gelegenheiten, Indizien dafür, daß er sich, während er die schwere, fieberhafte Erkältung überwand, mit einer anderen, tückischeren, weil unheilbaren Krankheit hätte infizieren können. Und nun revoltierte sein Verstand. Alle Vorsätze waren vergessen, er gab sich einen Ruck, die imaginäre Wunde in seinem Gemüt schloß sich, und er fand auch alle Reflexe, die ihm die Vernunft zudiktierte, wieder.

Er erhob sich, murmelte ein paar Worte, die seine Sprachlosigkeit entschuldigen sollten und verließ, ohne eine Erklärung des Bedauerns und ohne sich nach der Erkrankung Annemaries irgendwie zu erkundigen, das Pfarrhaus. In der Stube sah er Eberhard und wie der,

immer noch in der Nähe des Ofens stehend, erstaunt die Augenbrauen hob. Der Flur war eine Angelegenheit rascher, entschlossener, fast fliehender Schritte, und das Herzjagen, die Furcht, hier in der Enge, derart unausweichlich und im allerletzten Augenblick Annemarie zu begegnen, waren vergessen, als er endlich im Freien war. Nun ging er ruhiger, fast zögernd, den ovalen Teich mit den kahlen Linden vor Augen, den Kiesweg entlang, und nun hatte er schon so viel innere Freiheit zurückgewonnen, daß er einen Blick über die Schulter hinweg auf das Küchenfenster warf, und dort sah er, das Gesicht der Elfriede Koldehoff, die Augen weit aufgerissen, die Farbe ihrer Haut entstellt, als würde sie vor der Frage erschrecken, was dies, um Gottes willen (ja, er war ja keine drei Minuten in der Bibliothek), nun wieder zu bedeuten hatte.
Sempert ertappte sich dabei, wie wohl ihm dies jähe Erschrecken tat, wie gut er sich in dem Kummer dieser Frau, der zweifellos in seinem Rücken und nachdem er Bernede verlassen hatte, ausbrechen würde, aufgehoben fühlte, und wieder wurden ihm Mutter und Tochter für einen Augenblick ununterscheidbar. Er entspannte sich, es wurde ihm alles so leicht, und erst im Zug nach Magdeburg überfiel ihn die Verzweiflung, jener krampfhafte, trostlose Zustand über die unerwartete Wendung, seine jüngsten Wünsche und Hoffnungen betreffend, aber gleichzeitig fühlte er sich getäuscht, empfand er Bitterkeit darüber, daß Annemarie, vielleicht in Kumpanei mit dem Vater, sich für die letzten Augenblicke ihres Lebens an ihm schadlos gehalten hatte.

11

Diese erneute, fluchtartige Abreise Semperts in Richtung Süden nach Magdeburg geschah am 17. Februar. Zehn Wochen später, am 21. April, war Annemarie, die Tochter der Eheleute Koldehoff, im Ludwigsluster Krankenhaus ihrer heimtükkischen, sie schon seit Jahren zeichnenden Krankheit erlegen. Der Tag, es war der Mittwoch vor ihrem Tod, an dem Elfriede Koldehoff endlich den Zustand ihrer Tochter erfuhr, war ebenso denkwürdig. Er sollte den vagen, durch kummervolle Rücksichten immer wieder gewahrten Zusammenhalt der Familie endgültig zerstören.

Der Frühling hatte in Bernede früher als gewöhnlich begonnen, und Elfriede Koldehoff saß in der Nähe des Fensters, das sie einen Spaltbreit geöffnet hielt. Sie strickte, während sie, die Brille fast bis auf die Nasenspitze gezogen, immer wieder einen Blick auf die Linden warf, die schon genügend Laub gebildet hatten, um ihre Stimmung zu heben. Dieses Wunder, das sich jedes Jahr und in so unbegreiflicher Weise an den uralten Bäumen wiederholte, genügte ihr, um der Allgegenwärtigkeit jener höheren Macht, an die sie glaubte und die ihr Mann in den Sternen so verzweifelt, so vergebens und ohne Hoffnung suchte, sicher zu sein. Denn so war das Gemüt dieser Frau eingerichtet: Sie verstand es, sich mit der einfachen Anschauung der sie umgebenden Dinge zu bescheiden, alles andere war für sie sinnlos, ja, gefährlich. Sie fand, daß man sich schon dem Verständnis für alle Fragen, die das Augenscheinliche übertrafen, verweigern sollte.

Sie vergaß an jenem Vormittag, die geliebten Linden vor Augen und indem sie sich dem kühlen Luftzug, der durch das offene Fenster kam, bewußt aussetzte, für Augenblicke die Unruhe um Annemarie, die nun schon die achte Woche von einer Operation, wie Koldehoff immer und immer wieder versicherte, vollständig genesen sollte. Dies wußte sie, daran zweifelte sie nicht, sie hatte Annemarie vor Tagen selbst gesehen und sich über die farbige, aufblühende Frische ihrer sonst so blassen Erscheinung gefreut, ahnungslos darüber, daß der Augenschein trog.

An diesem Vormittag nun betrat Koldehoff die Stube. Sie wunderte sich noch, daß er die Tür zur Bibliothek, die offenstand, nicht benutzte, sondern den Umweg über den Korridor ging und die Tür, die darauf hinausführte, umständlich öffnete und wieder schloß, so als hätte er etwas Unaussprechliches auf dem Herzen oder überhaupt Gründe, sein plötzliches Erscheinen abzuschwächen oder irgendwie zu entschuldigen. Er sprach kein Wort, fühlte sich aber durch ihre Nähe, die er doch aufgesucht hatte, irritiert. Er hatte die Bibel bei sich, setzte sich, was er vor Jahren das letzte Mal getan hatte, an den Tisch und begann zu lesen, in der ihm eigenen Art: die Arme gegen den Tisch ausgestreckt, die Bibel mit den Händen an der Tischkante festhaltend, den Rücken hoch aufgerichtet, so daß er die Lehne hinter sich nicht berührte, den Kopf etwas in den Nacken gebeugt, damit die Augen, so wie es ihrer extremen Weitsichtigkeit entsprach, Raum gewinnen konnten.

So schwiegen die Eheleute, und die Pfarrersfrau hatte ihre Unruhe darüber, daß Koldehoff unvermittelt und derart gegen seine Gewohnheiten und, wie ihr schien, ohne Absicht ihre Nähe aufgesucht hatte, rasch überwunden. Sie strickte mit ruhigen Händen weiter, nahm

kaum Notiz von seiner Anwesenheit, ja, sie fühlte sich erleichtert, daß sie zu solch einem Schweigen endlich fähig geworden war.
Sie hatte, nachdem Sempert an jenem Vormittag des Februar unauffindbar geworden war, tage- und nächtelang darum gerungen, und sie betrachtete dieses Schweigen zuletzt wie eine auferlegte Prüfung, auch um ihren Mann, der sich über ihre Zurückhaltung zumindest wundern mußte, eben jene Beherrschtheit zu zeigen, die sie in einem Pfarrhaus für angemessen hielt. Und natürlich gab es, solange Annemarie krank war, keine Gründe, über deren Zukunft Wünsche zu äußern, außer, daß sie nun genesen und wieder unter ihnen sein sollte. Und weil dies gesichert schien, war die Mutter der Heimtücke, die sie erwartete, vor allem aber, weil der Anblick der Linden ihre Stimmung gehoben hatte, besonders wehrlos ausgeliefert.
Denn nun betrat Gerd die Stube, Gerd, der sein Erscheinen immer mit einer seine Unsicherheit verdekkenden Hemdsärmeligkeit und dem zwanghaften Grinsen zu begründen wußte, nun erschien dieser halbwüchsige Junge, und es war nicht sein Erscheinen, sondern der ungewöhnliche Ernst, seine Niedergeschlagenheit, die die Mutter, ohne daß sie Lust hatte, sich besonders darum zu kümmern, irritierten. Er drückte sich wie auf Zehenspitzen, die Schultern gegen den Kopf nach oben gezogen, am Vertiko in Richtung Ofen vorbei, sah dabei auf den Vater, hatte Mühe, die Unaufmerksamkeit seiner Eltern, die er doch gewohnt war, zu ertragen.
«Ich wollte euch nur sagen: Mir entgeht nichts. Auch wenn ihr versucht, es vor mir geheimzuhalten», sagte er.

«Was du nicht sagst», antwortete die Mutter. «Und was sollte dir nicht entgangen sein?»
Der Junge schwieg, und als der Vater aufsah und seinen Blick auf den Jungen richtete, mißbilligend, als hätte der ihn in der Anstrengung seiner Konzentration, die zu leisten er offenbar Mühe hatte, gestört, fühlte Gerd die gewohnte Energie, jene Mischung aus Kränkung und Trotz in sich aufsteigen.
«Jetzt macht ihr euch über mich lustig», sagte er noch, und als die Mutter antwortete: «Warum sollten wir uns über dich lustig machen?», entkrampften sich seine Schultern, der Kopf, die Sinne wurden ihm wieder frei. Verblüfft über eine derartige Gelassenheit seiner Eltern, war er schon bei jener Frage, die er, wie die Dinge nun einmal standen, nach Wochen, ja Monaten nicht auszusprechen gewagt hätte:
«Bekomme ich jetzt das Auto?» sagte er.
«Das Auto ...» antwortete die Mutter, schob die Brille zurecht, schüttelte den Kopf über diese immer und immer wieder, wie ihr schien, unangebrachte Ungeduld. «Das Auto ... Erst wenn du majorenn bist», sagte sie, das Wort ‹majorenn› in die Länge ziehend. «Bis dahin, das weißt du genau, hat das Auto Annemarie.»
Und wieder schwiegen alle drei. Der Vater blätterte in der Bibel, der Junge wußte nicht, wo er seine Blicke hinwenden sollte, und in der Mutter bereitete sich, ohne daß sie es ahnte, jener Sturz in die plötzliche Gewißheit vor. Ihre Ruhe, die Gelassenheit (sicher auch, weil sie die Gegenwart des Jungen immer mit Nachsicht zu übergehen gewohnt war) steigerten sich zum Wohlbehagen, aber in der Gegend ihres Magens, in dem Geflecht, das die Alten den Sitz der Seele nannten, verdichtete

sich doch etwas wie ängstliche Unruhe und stieg langsam, ganz langsam, das Wohlbehagen zunächst verstärkend, über die Kehle in Richtung des Kopfes aufwärts.
«Mutter», hörte sie Gerd sagen, «Annemarie hat uns allen, glaube ich, einen Brief geschrieben.»
«Das hast du geträumt», antwortete sie.
«Nein», sagte Gerd, «er liegt auf dem Küchentisch. Er ist unverschlossen, aber ich habe ihn nicht gelesen. Und wenn du mir nicht glaubst ...»
«Ich glaube dir, ich glaube dir», wehrte sie ab. «Auf dem Küchentisch liegt also ein unverschlossener Brief von ...»
Aber nun durchzuckte sie schon jene Lähmung, die einsetzen mußte, da sie alles, was Annemarie seit Wochen geschehen war, nicht hatte wahrnehmen können, und das ihr nun plötzlich wie mit eiserner Faust ins Bewußtsein, vor ihr innerstes Auge gerissen wurde. Die strikkenden Hände fielen wie kraftlos in ihren Schoß, sie fühlte, wie der Kopf sich weitete vor Entsetzen, sie wehrte sich dagegen, ins Bodenlose zu fallen, immer nur zu fallen.
«Koldehoff», sagte sie mit tiefer, fast röchelnder Stimme, als wollte sie sich an diesem Wort festkrallen. Sie sah ihren Mann aus glasigen Augen an.
Der blätterte weiter in der Bibel, entschlossen, nun nicht, um keinen Preis der Welt, aufzusehen.
«Bleib ruhig», sagte er lediglich. «Ich bitte dich, Elfriede, bleib ruhig.»
Der Junge war außerstande, dem Wortwechsel der Eltern, der nun folgen sollte, da das Leben sein Gemüt noch zuwenig vergiftet hatte, überhaupt zu folgen.
«Aber Koldehoff», sagte die Mutter, und ihre Augen

füllten sich mit Tränen. «Du kannst nicht verlangen … Es ist unmöglich …»

«Es ist möglich», antwortete Koldehoff.

«Du hast es gewußt?»

«Ja, ich habe es gewußt.»

«Aber warum …?»

«Elfriede», unterbrach sie der Vater, «wenn du endlich begreifen würdest, daß die Frage nach dem Warum deinem Herrn und Heiland vorbehalten bleibt. Die Natur, die du vom Fenster aus beobachtest, und dazu gehören auch die immer wieder grünenden Linden, die Natur jedenfalls kennt nur ein sinnloses Fressen und Gefressenwerden, so daß es sich letzten Endes gleich bleibt, wann und wohin Annemarie ihren letzten Gang zu gehen gezwungen ist.»

«Warum bist du so kalt?» fragte die Mutter.

«Ich bin nicht kalt», antwortete der Vater.

«Und warum redest du mit mir in solch einem Ton?»

«In was für einem Ton sollte ich sonst reden? Du hast, seit wir uns kennen, von mir verlangt, ich soll das Leben mit Hilfe der Bibel lebenswert finden. Jetzt finde auch du das Leben lebenswert. Jetzt wird es sich zeigen, ob dich dein Glaube trösten kann. Ich halte mich jedenfalls, wie du dich überzeugen kannst, seit Stunden an dieser Bibel fest.»

Bei den letzten Worten sah der Vater, sicher weil so viel Sarkasmus ihn erleichterte, unwillkürlich auf, senkte aber gleich wieder den Kopf zur Bibel, und der Junge verließ das Zimmer. Er konnte den bitteren, um äußerste Sachlichkeit bemühten Ton des Vaters nicht mehr ertragen, und er empfand Mitleid mit der Mutter, die nun, durch den Hinweis auf Gottes allmächtige Fügung, nicht nur um ihr Entsetzen, sondern auch um ihre verzweifelte Trauer gebracht werden sollte. Er ging aber auch, weil er sich in der Nähe der Eltern überflüssig fühlen mußte. Denn wieder einmal war, wie so oft, Annemarie Anlaß und Mittelpunkt ihrer Gespräche, und wieder einmal blieb er, der gekommen war, um mit den Eltern zu trauern, unbeachtet, und so beneidete er, indem er ging, die Schwester um ihren nahen Tod, erschrak aber gleichzeitig, daß er zu solch einem Gedanken fähig war.

Und die Mutter sah, nachdem der Junge die Tür hinter sich geschlossen hatte, durch Koldehoffs Gesicht, das hinter dem Schleier ihrer Tränen fast verschwunden war, ins Leere, und sie mußte nun erleben, wie Koldehoffs Hinweis auf die Fügung Gottes ihr wie ein Messer Kopf und Herz voneinander getrennt hatte. Sie war unfähig, dem Drang neuer Tränen, der unwiderstehlich blieb, nachzugeben. Statt dessen trockneten ihre Augen rasch und brannten, als müßten sie sich entzünden, und der Kopf wurde ihr eigenartig klar. Es war, als hätte er alle Fesselung an das Gefühl verloren und würde nun wie ein Ballon ohne Ballast in schwerelose, klare Höhen aufsteigen, und so kamen ihr auch, während sie doch in Wirklichkeit bewegungsunfähig auf ihrem Stuhl verharren mußte, die Gedanken.

‹Er war nie der Vater meiner Kinder›, dachte sie, und: ‹Er ist auch kein Seelsorger mehr.› Und: ‹Er hat kein Recht, mir die Bibel wie einen Spiegel vorzuhalten.› Aber andererseits konnte sie den Anblick seiner (zugegeben sarkastischen) Gefaßtheit und die Art, wie er sich tatsächlich an der Bibel festzuhalten schien, nicht leugnen, und auch, daß er mit seinem Hinweis auf Got-

tes Fügung recht hatte. Aber hier hatte Elfriede Koldehoff, die sich so sehr ihrem Gefühl und so wenig ihrem Intellekt verpflichtet fühlte, den Kreis ihrer Gedankenwelt schon umschritten. Denn jenen einen Gedanken darüber, daß gerade der Hinweis auf Gottes Fügung es war, der sie innerlich zerrissen und an der Trauer um ihre Tochter, zumindest für diesen Augenblick, hinderte, diesen Gedanken wollte sie nicht gelten lassen.
«Du hast recht», sagte sie nach einer Weile, ihren Blick immer noch auf Koldehoff gerichtet, dessen hageres Gesicht sie jetzt überdeutlich wahrnahm, wobei sie spürte, wie sie sich in diesem Sehen von ihm fortbewegte. Es war wie ein sanftes, fast unmerkliches Schaukeln, so als würde sie, in einem Boot sitzend, von jenem Ufer, auf dem er sich befand, weggezogen, langsam, unwiederbringlich, und sie wehrte sich nicht gegen diesen Abschied, den sie nicht wollte und der an ihr wie von einer fremden Macht vollzogen wurde.
«Du hast recht», sagte sie, «und ich will mich nicht weiter beschweren. Und meine Verzweiflung hilft Annemarie nun auch nicht weiter.»
«Ganz recht», antwortete Koldehoff.
«Ich habe Vertrauen in Gott, und Gottes Wege ...» fügte sie noch hinzu, brachte den Satz aber nicht zu Ende.
«Ganz recht», sagte Koldehoff. «Es wird schon so sein, daß Gottes Wege am Ende doch nur unsere eigenen Wege sind und daß wir sie früher oder später alle gehen müssen. Es ist nur schade, daß man auf Gott jede, auf den Menschen keine einzige gute Wette eingehen kann.»
Dabei sah er sie an, sah, wie verloren, wie hoffnungslos sie dasaß und daß sie ihm, obwohl ihre Blicke an seinen

Lippen hingen, nicht mehr zuhörte. Und so spürte auch er jenen sanften, unwiederbringlichen, ganz tief im Innersten sich vollziehenden Abschied. Er bereute, daß er nicht geschwiegen, daß er ihr gegenüber Ansichten geäußert hatte, die sie nicht verstand. Er klappte die Bibel zu, er hatte wieder einmal und unwiderstehlicher als sonst den Wunsch, sich in seiner Sakristei zu verkriechen. Und während er diesem Wunsch nachgab, während er das Zimmer verließ, spürte er doch so etwas wie einen Stich in seinem Herzen. Er zögerte einen Augenblick. Er wußte, nun war alles ausgestanden, nun würde, während er in der Sakristei saß, niemand mehr um seinetwillen leiden.

Ihr Weg in die Einsamkeit war ebenso endgültig. Sie wußte, sie hatte die Fähigkeit verloren, mit diesem Mann, den sie geliebt und mit dem sie Leben gezeugt hatte, über Belange des Glaubens, den Sinn des Lebens betreffend, oder was es mit dem frühen Tod ihrer gemeinsamen Tochter auf sich haben könnte, überhaupt noch zu reden.

12 Dies geschah wenige Tage vor Annemaries Tod, am 25. April wurde Annemarie auf dem alten Friedhof von Bernede begraben. Elfriede Koldehoff hatte einen Platz an der Mauer ausgesucht, in der Nähe jener Stelle, an der Sempert von der anderen Seite, von der Straße aus, die makabre Schönheit einer Sonnenblume bewundert hatte. Sie stand immer noch da, hatte aber den größten Teil ihres Blütentellers eingebüßt.
Die Grabrede hielt Pfarrer Hohenemser aus Ludwigslust. Koldehoff selbst stand neben dem Sohn Gerd und der alten Hanna, ohne Talar, ohne ein Wort zu reden. Dies hatte sich Elfriede Koldehoff ausbedungen. Überhaupt war das Gesicht dieser Frau seit jenem Vormittag, seit sie sich um ihr Selbstverständnis als Mutter betrogen fühlen durfte, härter, entschlossener, unerbittlicher geworden.
«Seht ihr», murmelte die alte Hanna, «was habe ich gesagt? Daß die Gesunden schneller sterben als die Kranken.»
Die Erde wurde geworfen, und danach zog sich Koldehoff auf seinen Dachboden zurück, ohne vorher ein Wort mit seinem Kollegen Hohenemser zu wechseln, den er nicht kannte und den Elfriede Koldehoff gegen seinen Willen, ja, ohne mit ihm darüber zu reden, hergebeten hatte.
Die kleine Gemeinde verließ, offensichtlich verwirrt, weil sie der Frau und dem Sohn, nicht aber ihrem Pfarrer die Hand zum «Herzlichen Beileid» reichen durfte, zögernd den Friedhof, und die alte Hanna stand noch lange am Eingang der Kirche. Sie bewegte lautlos ihre Lippen, so als würde sie mit irgend jemandem darüber

beraten, ob sie nun, nachdem Annemaries Beistand ihr endgültig genommen war, den Weg zur Kate noch einmal wagen sollte, und ob sie überhaupt bei ihrer Gebrechlichkeit und da sie doch alles so sehr und immer öfter vergaß, zur nächsten Andacht zurückfinden würde.
Aber nach einer halben Stunde, nachdem sich auch Elfriede Koldehoff mit Pfarrer Hohenemser ins Haus zurückgezogen hatte, war der Friedhof wieder verlassen. Der verwahrloste, nur der zeitlosen Einsamkeit angehörende Zauber war wiederhergestellt. Der Efeu beeilte sich, wie in jedem Frühjahr, die letzten noch sichtbaren Grenzen zwischen den Gräbern zu überwuchern, das kniehohe Gras füllte die Lücken, die der Efeu abzudecken außerstande war, und so wirkte alles, was unter der Erde den Lebenden zur Erinnerung aufbewahrt liegen sollte, so wirkten die Toten wie von der Natur endgültig versiegelt und unerreichbar gemacht. Nur das aus frischer, unbewachsener Erde aufgehäufte Rechteck an der Mauer, Annemaries Grab, erinnerte daran, daß es doch noch, wenn auch für kurze Zeit, möglich war, die immer dichter werdende Grenze zwischen Toten und Lebenden niederzureißen. Aber dieser frische Hügel wirkte wie ein Wundmal. Es schien, als würde sich der enge, über dreihundert Jahre gealterte Friedhof dagegen wehren, und vielleicht war die Beisetzung Annemaries das letzte, was man ihm zugemutet hatte: Elfriede Koldehoff war, als sie Pfarrer Hohenemser zu sich ins Haus bat, bereits entschlossen, die Pfarrei von Bernede in absehbarer Zeit zu verlassen.
Hohenemser war einer jener Seelsorger, von denen Eberhard behauptet hatte, sie verzichteten freiwillig

auf ihren Intellekt, kämen nie auf abwegige Gedanken, fühlten sich geborgen in der Obhut des Herrn und wären im übrigen damit beschäftigt, ihr Leben in regelmäßigen sonntäglichen Predigten und in ihren zahlreichen Liebhabereien, zum Beispiel der Ornithologie, aufzubrauchen. Hohenemser war groß, breitschultrig, er war fünfundfünfzig Jahre alt, hatte ein vom Alter noch unberührtes Haar. Sein Gesicht war (wohl von einer ungeschickten Rasur) gerötet und wundgerieben, die große Nase, die vollen, herabhängenden Wangen, die Brille mit dem silbernen Rand gaben ihm ein barockes Aussehen. Er trank schweigend seinen Kaffee, sein Blick ruhte verständnisvoll, begütigend auf Elfriede Koldehoff, die ihm in der Stube am Tisch gegenübersaß. Und Hohenemsers entspannte Ruhe, dieses Schweigen, das sich selbst gleich war und nicht, wie bei Koldehoff, eine innere Zerrissenheit, einen Zustand übererregter Verzweiflung notdürftig verbergen wollte, diese Gelassenheit eines Menschen, der eben noch eine Achtzehnjährige mit eben der gleichen Ruhe, der gleichen Gelassenheit, mit Hinweis auf Gottes Fügung unter die Erde gebracht hatte, taten der Frau wohl. Aber ihre eigene Erregtheit löste sich deswegen nicht. Sie hielt die Hände fast wie verkrampft ineinandergefaltet und hatte Mühe, ein Zittern ihrer Knie, die sie gegen die untere Seite der Tischplatte preßte, zu unterdrücken.
«Sie wollten mir etwas sagen, Frau Koldehoff. Danke. Das wäre die dritte Tasse. Zuviel Kaffee geht aufs Herz», wehrte der Mann aus Ludwigslust ab. Und nun, nachdem Elfriede genötigt war, die Kanne endgültig auf den Tisch zurückzustellen, nachdem der Gast die leergetrunkene Tasse von sich geschoben hatte, begann

sie zu sprechen. Leise anfangs, fast unhörbar, indem sie sich gegen einen Druck in ihrer Kehle, gegen ihr schlechtes Gewissen wehrte, denn sie war im Begriff, über die Befindlichkeiten ihres Mannes, die nur sie kannte, und die seine seelische Not berührten, öffentlich zu rechten.

«Ich möchte Sie bitten», sagte sie, «beraten Sie mit dem Bischof darüber, wie er meinen Mann als Seelsorger aus Bernede abberufen kann.»

«Wieso?» antwortete Hohenemser. «Pfarrer Koldehoff ist in dieser Gegend doch beliebt.»

«Aber er glaubt nicht an unseren Herrn.»

«Der Glaube an unseren Herrn ... Ich will mal sagen, Anfechtungen dieser oder jener Art ... Frau Koldehoff, es ist durchaus menschlich, in Gedanken an Gott nicht immer nur voller Hoffnung zu sein.»

«Aber nicht in einem Pfarrhaus.»

«Ja, haben Sie nie gezweifelt?»

«Nie.»

«Gut», antwortete Hohenemser, irritiert durch die harte, unbedingte, ja, wie ihm schien, verkrampfte Zuversicht dieser Frau, und indem er den Spruch, der über der Tür zur Bibliothek angebracht war, entdeckte, «gut. Ich wollte damit nur sagen, natürlich hat ein Pfarrhaus keinen Platz für Zweifel. So sollte es wenigstens sein. Aber vergessen wir nicht: Gott, der allmächtig und allgegenwärtig ist, liebt es ebenso, wie sagt der große Pascal, sich vor unserem Angesicht zu verstecken.»

«Und wäre dies ein Grund, die Gemeinde aufzufordern, Gott seine Sünden zu vergeben?»

«Nein, natürlich nicht», antwortete Hohenemser erschrocken. «Wie kommen Sie darauf?»

«Dies tut Pfarrer Koldehoff seit Jahren», sagte Elfriede. Und da Hohenemser nun nicht mehr in der Lage war, seine ihm angeborene Gelassenheit zur Geltung zu bringen, nachdem er, sozusagen aus seinem Naturell gerissen, ungläubig, aufs äußerste irritiert auf diese Frau sah und weil Elfriede Koldehoff zum erstenmal spürte, daß hier jemand, worauf sie jahrelang vergebens gehofft hatte, ihre Fassungslosigkeit, ja Empörung, die Überspanntheit ihres Mannes betreffend, teilte, verschwand ihre Verkrampftheit. Sie begann gelöst und immer gelöster zu sprechen und über Dinge, die angetan waren, jedem, sogar dem der Normalität, den angenehmen Dingen des Lebens zugeneigten Pfarrer Hohenemser, den Atem zu verschlagen.
Sie sprach von Koldehoffs selbstzerstörerischem Wesen, und wie er vor allem auf seinen Verstand fixiert sei, und wie er es überhaupt darauf anlege, den Verstand des Menschen als das einzige Licht in der Finsternis darzustellen. Und wie ihn dies in die Verzweiflung treiben würde, da er ja eben kraft dieses Verstandes einsehen müsse, daß ihm und allen anderen dieses Licht mit dem Tode ein für allemal verlöschen müsse. Und wie unfähig er sei, dies als seinen Hochmut zu erkennen, und daß er lieber, statt nun in Demut von seinem Verstand zu lassen, Gott, den Herrn, für dessen Unzulänglichkeit und für seine Verzweiflung haftbar machen wolle. Und wie er dies auch seiner Gemeinde predige, die, so viel könne sie sagen, von alledem nichts verstünde, außer eben Koldehoffs, wie sie zugeben müsse, eindringlich und mit ehrlichem Herzen geäußerte Verzweiflung. Aber von der Verzweiflung allein könne der Mensch doch nicht leben! Und wie ihn dieser Zustand, und das sei das

schlimmste, nicht nur an der Demut, sondern an der Liebe zum Allernächsten, an der Barmherzigkeit hindern würde. Denn so sei doch der Mensch: Er könne nur, wenn er mit sich selber in gutem Einvernehmen sei, auch anderen Gutes tun. Aber er, Koldehoff, sitze ununterbrochen entweder auf dem Dachboden, um den nächtlichen Himmel mit gottlosen Augen zu betrachten, um dann, wenn ihn der Anblick des Himmels ohne Gott (was ja jedes Kind begreifen würde) trostlos und immer trostloser gemacht hätte, um dann in die Sakristei vor das Bildnis des Heilands zu flüchten, wo er ebenso ununterbrochen, ebenso Stunde um Stunde bewegungslos dasitze, in dem Versuch (aber es sei immer nur ein Versuch), den Anblick des Himmels oder besser: seine sich selber zugefügte Gottlosigkeit wieder zu vergessen. Und sie wolle nicht davon sprechen, wie sich dieser Zustand auf das Leben der Familie auswirken würde. Dazu hätte sie kein Recht. Sie hätte vielmehr die Pflicht (das wisse sie, ja, das wisse sie durchaus), sich um einen Mann, der derart unglücklich und unverbesserlich immer nur sich selbst, immer nur seinen Verstand als Zentrum aller Dinge zu sehen imstande sei, besonders zu kümmern. Aber wie könne sie dies tun, wenn er sich auf besonders heimtückische Weise entziehe. Sie gelte ja nichts in seinen Augen! Und man rede seit Jahren kaum noch ein Wort miteinander! Er hätte es nicht einmal für nötig befunden, ihr den Zustand der eigenen Tochter mitzuteilen. Nein, was rede sie: Er hätte sie wissentlich getäuscht, so daß sie außerstande gewesen wäre, an dem Sterben ihres eigenen Kindes Anteil zu nehmen. Und nun würde er Annemaries Namen notieren, so wie er die Namen aller Toten, die auf dem

Kirchhof begraben lägen, auf eine große, hölzerne Tafel notiert und diese Tafel in der Sakristei aufgehängt hätte. Dies könne ihm niemand verbieten, aber wer leben will, dürfe nicht nur die Gesellschaft der Toten aufsuchen. Und wie seine Augen glühten in Momenten, wenn von der Vergeblichkeit des Daseins die Rede sei. So hätte sie sich des Eindrucks nicht erwehren können, daß ihn der frühe Tod seiner Tochter mit Genugtuung erfüllt und daß er sich an ihrer, der Mutter Ahnungslosigkeit geweidet hätte. Sie wisse, was sie sage, und sie wisse auch, wie unfaßbar, wie ungeheuerlich ihre Behauptungen seien. Aber da er zur Demut, die einzig den Menschen sicher leitet, außerstande sei, da er außerstande sei, sein Dasein, wie jede Kreatur es täte, als Geschenk Gottes anzunehmen und einfach zu leben, würde seine Verzweiflung, seine Todesbezogenheit sich weiter und immer weiter bis zur Unerträglichkeit steigern, besonders jetzt, da seine Tochter ihm diesen Weg, den er fürchte, aber als einzige Bestimmung des Menschen setze, vorausgegangen sei. Und daran würden ihn weder der Talar noch die Bibel hindern, im Gegenteil: Koldehoff begänne ja jetzt schon von der Kanzel herab nur noch von der Selbstverbrennung jenes Menschen aus Zeitz, den einen Seelsorger zu nennen sie sich weigere, zu predigen, und sie selber sei am Ende ihrer Kraft. Sie könne, und dies solle er dem Bischof sagen, keinem Pfarrer, auch wenn dies ihr Mann und der Vater ihrer Kinder sei, länger zusehen und schweigend dabeisitzen, wenn er den Sinn der Worte Gottes derart verdrehe und derart dazu benutze, seine Gemeinde, die seiner zerstörerischen Gewalt hilflos ausgeliefert sei, zu ängstigen und zu verwirren.

Hohenemser schwieg erschüttert. Er verzog keine Miene, er hielt sich ganz unbeweglich, und seine Augen hinter den Brillengläsern waren wie gebannt ausschließlich auf die Lippen dieser Frau gerichtet.
«Tja», sagte er dann leise, nachdem Elfriede Koldehoff ihren Redefluß unterbrochen hatte und ihren Kopf gegen die Brust niedergebeugt hielt, als würde sie sich dessen, was nun als Konsequenz aus ihrer Rede abgeleitet werden mußte, schämen.
«Tja», sagte er, wobei er seine linke Hand wie hilflos von der Tischplatte hob und wieder sinken ließ. «Alles, was wir sind, liegt, dies ist auch mein Glaube, in guter Obhut. Nur die Gedanken, ja natürlich ... In unseren Gedanken sind wir allerdings frei.»
Er versprach, er würde mit dem Bischof, falls der ihn, was nicht immer sicher sei, überhaupt vorlasse, über Koldehoff reden, oder korrekter: über alles, was sie, die Ehefrau, über die Art der Seelsorge in Bernede ihm, Hohenemser, zu sagen für nötig befunden hätte. Er selber würde sich aber jeder Stellungnahme über Koldehoff, den er persönlich nicht kenne, enthalten. Jeder Mensch, auch ein Seelsorger, hätte sein Päckchen zu tragen, aber natürlich: Anfechtungen, die das Wohl der Gemeinde beträfen und der Hinweis auf den bedauerlichen Vorfall in Zeitz würden der Sache schon Nachdruck verleihen. Ob sie sich ihre Vorwürfe lange genug und vor allem gründlich überlegt hätte.
«Ja», antwortete Elfriede Koldehoff.
«Gut», sagte Hohenemser, erhob sich, nahm Hut und Mantel, die er über die Lehne seines Stuhles gelegt hatte, auf und verließ nach einigen Floskeln der Höflichkeit und nachdem er sein Beileid über den Tod der

Tochter erneuert hatte, das Zimmer. Elfriede Koldehoff begleitete den breitschultrigen Mann bis zur Tür und sah ihm nach: wie er mit bedächtigen, wiegenden Schritten den Kiesweg entlangging, den Kopf vom Mantelkragen, den er aufgeschlagen hatte, fast verdeckt, und wie er sich, als er das Tor, das zur Straße hinausführte, wieder geschlossen hatte, umsah. So als würde er die Mitteilungen der Pfarrersfrau überdenken und als wünschte er, den Mann, den zu denunzieren ihm eben zur Pflicht gemacht worden war, nochmals zu sehen. Dabei setzte er umständlich seinen Hut auf.
Elfriede Koldehoff aber war in Gedanken schon damit beschäftigt, ihr Leben, um das sie sich betrogen fühlen durfte, neu zu ordnen und dies jedenfalls nicht in dieser Einöde. Sie sehnte sich, als Hohenemser auf der Straße in Richtung Busstation verschwunden war, das erste Mal in die Umgebung ihrer Kindheit, nach Stralsund zurück. Und plötzlich war ihr der Blick auf den Kiesweg, auf die überwucherten Gräber, auf den ovalen Teich mit den sich wiederbelebenden Linden, plötzlich war ihr der Anblick der Kirche, deren durch die Witterung zerbröckelnde Armseligkeit ihr vertraut und lieb gewesen war, plötzlich war ihr diese Landschaft, in der sie ihre Kinder geboren und im Einerlei ihrer täglichen Verrichtungen zu altern begonnen hatte, plötzlich war ihr überhaupt alles, was ihr in Bernede geschehen war, seit sie diesen Ort betreten hatte, verhaßt.

Und Koldehoff? War er wirklich verloren? Fehlte es ihm, der sich fast nur noch auf dem Dachboden aufhielt (und ein altes, zu kurzes Sofa als Schlafstätte benutzte), fehlte es diesem Mann, wie seine Frau behauptete, an

Demut? Und war es hochmütig, daß er von seinem Verstand, den er anderen gegenüber gern als ‹Würde des Menschen› umschrieb, immer nur einen unglücklichen, ausschließlich sich selbst reflektierenden Gebrauch machte?

Das Teleskop benutzte er nun nicht mehr, er sah auch nicht, was er oft getan hatte, mit bloßen Augen durch die Luke in den Himmel, um in einer Mischung aus Schauder und Bewunderung über die gewaltigen, unüberbrückbaren Räume einzuschlafen. Dafür las er, und neuerdings immer öfter, in einem Buch, das neben ihm griffbereit auf dem Sofa lag, in den autobiographischen Aufzeichnungen des englischen Philosophen Bertrand Russell.

«Allein um Mitternacht in meinem Turm», hieß es da, «erinnere ich mich an die Wälder und Hügel, an die See und den Himmel, die das Tageslicht gezeigt hat. Jetzt wo ich durch jedes der vier Fenster blicke, nach Norden, Süden, Osten und Westen, sehe ich nur mein eigenes Bild, trübe widergespiegelt oder in schrecklicher Undurchsichtigkeit als Schatten auf dem Nebel. Was tut's? Wenn ich vom Schlaf erwache, wird der morgige Sonnenaufgang die Schönheit der äußeren Welt zurückbringen.

Aber die geistige Nacht, die sich auf mich gesenkt hat, ist weniger kurz und verspricht kein Erwachen nach dem Schlaf. Früher schienen mir Grausamkeit und Gemeinheit, die staubigen, verzehrenden Leidenschaften des menschlichen Lebens, ein Geringes, wie ein aufgelöster Mißklang in der Musik, zwischen dem Glanz der Sterne und der erhabenen Prozession der geologischen Zeitalter. Was, wenn das Universum den allgemeinen

Tod stürbe? Es war dennoch unerschütterlich und prächtig. Nun aber ist alles zusammengeschrumpft und nicht mehr als mein eigenes Abbild in den Fenstern der Seele, durch die ich hinaussehe in die Nacht des Nichts. Das Kreisen der Nebel, die Geburt und der Untergang der Sterne sind nichts mehr als bequeme Fiktionen bei dem trivialen Versuch, meine eigenen Wahrnehmungen und vielleicht die anderer, die nicht viel besser sind als die meinen, zu verknüpfen. Nie hat man einen dunkleren und engeren Kerker gebaut als den, in den die Schattenphysik unserer Zeit uns einschließt, denn jeder Gefangene glaubte einst, daß außerhalb seiner Mauern eine freie Welt existiere; nun aber ist das ganze Universum Gefängnis geworden. Es herrscht Dunkelheit draußen, und wenn ich sterbe, wird Dunkelheit drinnen herrschen. Nirgends ist Glanz oder Weite; nur Belanglosigkeit für einen Augenblick, und dann nichts.
Warum in einer solchen Welt leben? Warum gar sterben?»
Diese Worte las Koldehoff immer und immer wieder und sog sie wie süchtig in sich ein, und die «Pensées» des Pascal rührte er nun nicht mehr an. Jenes schmale, in Halbleder gebundene Bändchen des geliebten Franzosen, in dem er jahrelang, und zwar so oft, daß es zerschlissen war, geblättert hatte, enthielt neben der Verzweiflung, die der des Engländers nicht unähnlich war, die Aufforderung, aus eben jener Verzweiflung Konsequenzen zu ziehen, nämlich: Die Wette auf die Existenz Gottes, da ein Leben ohne Gott unmöglich war, unbedingt und unüberprüfbar zu wagen. Dies hatte Koldehoff versucht. Dies hatte er sich selbst, seiner Frau und der kleinen Gemeinde von Bernede versprochen. Aber

er war eben zu jener Wette, die Pascal so kühl und aus der Trostlosigkeit seiner wissenschaftlichen Anschauungen geleistet hatte, nicht fähig. Ebenso war er unfähig, die schwermütige Verzweiflung Russells, der Gott mit Hilfe seines Verstandes gesucht, aber nicht gefunden hatte, zu ertragen. Dies konnte er sich nicht verzeihen, und er setzte sich, wenn er in der Sakristei vor dem geschnitzten Kruzifix zu beten versuchte, in seiner Selbstachtung so sehr herab, daß er sich ekelte und endgültig in die absurde Vorstellung flüchtete, dem Beispiel seines Kollegen aus Zeitz, dessen Motive und Absichten er nicht kannte und nach denen er sich auch nie näher erkundigt hatte, zu folgen.

13

Am elften September verließen die Koldehoffs Bernede und zogen nach Stralsund. Zwei Jahre später, es war Oktober, kehrte Sempert noch einmal nach Bernede zurück und bezog für neun Nächte sein gewohntes Quartier bei Frau Karsten. Die Pfarrei, die jetzt unbewohnt war, und die Kirche mit dem Friedhof, der immer mehr verwilderte, suchte er nicht mehr auf. Er erkundigte sich aber nach Pfarrer Koldehoff, über dessen Verbleib niemand etwas zu sagen wußte. Er hatte sein Traktat beendet und wollte es nochmals überarbeiten, aber Frau Karsten fiel auf, daß

er kaum mit Schreibarbeiten beschäftigt war und sich meistens in dem Geviert nahe der Grenze zur Elbe aufhielt.
Am zehnten Tag kehrte er nicht mehr zurück. Man munkelte, was Frau Karsten nicht glaubte, daß er nachts die Grenzbefestigungen überwunden habe und über die Elbe geschwommen sei.
Eine Woche später erschienen bei Frau Karsten Beamte der Staatssicherheit und beschlagnahmten die Habseligkeiten, die Sempert zurückgelassen hatte. Darunter befand sich auch das Traktat, in dem Sempert seinen Gedanken, die sich seit seiner letzten Flucht aus dem Pfarrhaus immer mehr verdüsterten, doch noch eine heitere, unterhaltsame Wendung hatte geben können.
Warum er diese Arbeit (die er, wie es seiner Vorliebe für das Historisierende entsprach, in das Jahr 1830 verlegt hatte) zu guter Letzt den Beamten überließ, blieb allerdings rätselhaft.

Hartmut Lange im Diogenes Verlag

Die Waldsteinsonate

Fünf Novellen

Novellen, die vom Zustand jener Unglücklichen erzählen, denen das Bewußtsein ein besonderes Verhängnis war. Novellen über Friedrich Nietzsche, die Goebbels-Kinder, Heinrich von Kleist und Henriette Vogel, den Nihilisten Alfred Seidel und über eine Jüdin und einen SS-Mann, ihren Mörder.

»Die Novellen dieses Bandes zählen ohne Zweifel zu den wenigen Höhepunkten der deutschen Literatur nach 1945. Gerade die extremen Stoffe zeigen, daß der Staub der Zeit abgestreift sein muß, wenn das Wagnis des Vollkommenen gelingen soll.«
Deutsche Monatshefte, München

Die Selbstverbrennung

Roman

»Selten fällt es in einer Prosaarbeit so leicht, sich die Menschen in ihren Aktionen und Reaktionen leibhaftig vorzustellen. Doch dies erhöht eher die Leselust, die Lange durch schön konstruierte Satzperioden von kleistscher Architektur noch erhöht. Durch sie gewinnen die Figuren Plastik und lebendige Kontur.«
Stuttgarter Zeitung

Das Konzert

Novelle

»Der Leser erfährt bereits im ersten Satz des Buches, daß es unter den Toten Berlins spielt. Alle Gäste des Salons Altenschul sind ermordete Juden, denen der

Autor für die Dauer seiner Novelle ihre frühere Existenz zurückgegeben hat. Hartmut Lange hat durch seine stilistische Zurückhaltung alle Einwände, daß ein Buch mit einem solchen Thema nur mißlingen kann, überzeugend widerlegt.«
Frankfurter Allgemeine Zeitung

Die Ermüdung

»Gewiß, es ist auf den ersten Blick ein höchst altmodisches Buch, es ist aber auch sehr sympathisch, wie Lange sich fern hält von den Wühltischen billiger, greller Gefühle. *Die Ermüdung* ist eine kleine Kostbarkeit in einem von Lärm nicht gerade verschonten Gewerbe.« *Die Weltwoche, Zürich*

»Lange hält sich an die Gebote und Verbote der großen Erzähler. Er will wie Čechov, wie Conrad, wie Fontane weder kommentieren noch analysieren, auch nicht urteilen. Seine Sprache verzieht keine Miene. Sie ist streng, lakonisch, gläsern. Sie erzeugt Atmosphäre, Spannung, Wohlgefallen.« *Kultur-Chronik, Bonn*

Vom Werden der Vernunft

und andere Stücke fürs Theater

Die Dramen dokumentieren einen doppelten Abschied: Ausgehend vom Hegelschen Rationalismus und Karl Marx' Sozialutopie, enden sie in der Melancholie über das Verschwinden jeder Vernunft und beschwören die Erinnerung an jene Gesellschaft, deren erklärter Gegner Lange war: an den märkischen Adel und an das Spätbürgertum.

»Lange ist fähig, Gedanken zu kritisieren, ohne dabei den Menschen, der sie äußert, zu verurteilen – es ist die kostbare Fähigkeit der Komödienschreiber.«
Frankfurter Allgemeine Zeitung

Die Wattwanderung

»In dieser schönen, ansaugenden Erzählung wandelt ein Doppelgänger von Büchners ›Lenz‹. Mit der *Wattwanderung* hat er sich eine Glaubenskrise von der Seele geschrieben und ein Zeitgefühl erfaßt. Der Ex-Marxist Lange traut Welterklärungsmodellen nicht mehr. Vernunft versagt vor dem ›Unheimlichen‹, ›Ungefähren‹, Chimärenhaften, dem Völlenklee ausgesetzt ist. Darum will der Sonderling auf den ›Grund des Meeres‹ steigen, das ist, frappantes Bild, das Watt, das Unheimliche und Ungefähre an sich. Mit seiner spröden, den Vorbildern Kleist und Büchner folgenden Sprache hält Lange seinen Weltschmerzensmann in kühler Distanz; keine neue Weinerlichkeit kommt auf, eine ungerührte Vivisektion findet statt, ›erbarmungslos‹ wie die Weite des Watts, in der sich Völlenklee schließlich verliert.« *Der Spiegel, Hamburg*

Die Reise nach Triest

Novelle

Die Reise nach Triest ist nach *Die Ermüdung* und *Die Wattwanderung* der Schlußpunkt der Berliner Novellen-Trilogie.

»Ein spannendes Buch mit großer psychologischer Intuition, erzählt in einer knappen, fast lakonischen Sprache, die ohne jedes Pathos auskommt.«
Rheinische Post, Düsseldorf

Die Stechpalme

Novelle

Manfred Eichbaum, Verleger von Kunst- und Fotobänden, erhält anonyme Briefe. Der Verfasser kennt sich sehr gut aus in Eichbaums Leben, privat wie beruflich. Eichbaum, der seit fast einem Jahr an einem gebrochenen Schienbein laboriert, wird zunehmend verunsichert. Wer steckt hinter diesen Briefen?

»Wieder einmal hat Hartmut Lange ein novellistisches Meisterwerk vorgelegt. Dieser Autor versteht es (beinahe einzigartig), die kleinen Katastrophen im menschlichen Alltag zu sezieren und die großbürgerlichen Wohnstuben mit Halogenstrahlern auszuleuchten. Kaum ein anderer zeitgenössischer Autor schreibt so konstant auf hohem Niveau. Ein literarisches Juwel.«
Deutsches Allgemeines Sonntagsblatt, Hamburg

Schnitzlers Würgeengel

Novellen

»Mit Harmut Langes stilistisch meisterhaften, abgründig schrecklichen Novellen hat der Leser Anteil an jener Hoffnung auf eine Veränderung in der Welt, die uns, wie Walter Benjamin sagt, nur um der Hoffnungslosigkeit willen gegeben ist.« *Die Woche, Hamburg*

»...eine heute seltene Meisterschaft. Literatur gegen den Lärm des Zeitgeistes.«
Westdeutsche Allgemeine Zeitung, Essen

Der Herr im Café

Drei Erzählungen

Ein Schriftsteller, eine Schauspielerin und eine Sängerin sind die Hauptfiguren dieser drei Erzählungen, in denen Lange sich wie in allen seinen Texten einen Schritt außerhalb des gewohnten Raumes und der gewohnten Zeit bewegt – jenen Schritt außerhalb, der ihn zum hellwachen Beobachter des Alltäglichen wie des Geheimnisvollen macht.

»Die Erinnerung an das verblichene Genre der Künstlernovelle spukt durch die drei neuen Erzählungen von Hartmut Lange, deren Reiz darin liegt, daß sie den Anschein erwecken, sich nostalgisch dieser Erinnerung hinzugeben, während sie versteckt mit ihr spielen.«
Süddeutsche Zeitung, München